Les orphelines

* *

Crystal

VIRGINIA C. ANDREWS

Fleurs captives	
Fleurs captives	*J'ai lu* 1165/**4**
Pétales au vent	*J'ai lu* 1237/**4**
Bouquet d'épines	*J'ai lu* 1350/**4**
Les racines du passé	*J'ai lu* 1818/**4**
Le jardin des ombres	*J'ai lu* 2526/**4**
La saga de Heaven	
Les enfants des collines	*J'ai lu* 2727/**5**
L'ange de la nuit	*J'ai lu* 2870/**5**
Cœurs maudits	*J'ai lu* 2971/**5**
Un visage du paradis	*J'ai lu* 3119/**5**
Le labyrinthe des songes	*J'ai lu* 3234/**6**
Ma douce Audrina	*J'ai lu* 1578/**4**
Aurore	*J'ai lu* 3464/**5**
Les secrets de l'aube	*J'ai lu* 3580/**6**
L'enfant du crépuscule	*J'ai lu* 3723/**6**
Les démons de la nuit	*J'ai lu* 3772/**6**
Avant l'aurore	*J'ai lu* 3899/**5**
La famille Landry	
Ruby	*J'ai lu* 4253/**6**
Perle	*J'ai lu* 4332/**5**
D'or et de lumière	*J'ai lu* 4542/**5**
Tel un joyau caché	*J'ai lu* 4627/**5**
D'or et de cendres	*J'ai lu* 4808/**6**
Les orphelines	
Janet	*J'ai lu* 5180/**2**
Crystal	*J'ai lu* 5181/**2**
À paraître	
Brenda	
Rebecca	
En fuite!	

V.C. Andrews™

Les orphelines

* *

Crystal

Traduit de l'américain
par Béatrice Pierre

Éditions J'ai lu

Titre original :

CRYSTAL
Pocket Books, a division of Simon & Schuster Inc., N.Y.

Prologue

Un soir, Mr. Philips oublia ses clefs. C'est aussi simple que ça. Je n'avais que onze ans mais j'effectuais déjà de menus travaux pour l'administration, tels que classer des commandes, des factures et des reçus. Ce soir-là, après dîner, nous étions dans nos chambres et apprenions nos leçons lorsque Molly Stuart s'aperçut que je ne portais pas la montre qu'elle m'avait prêtée. Je me souvins aussitôt que je l'avais laissée dans le cabinet de toilette de Mr. Philips, où j'étais allée me laver les mains avant de partir. Molly explosa de fureur et son visage vira au rouge brique. La porte du bureau n'étant jamais verrouillée, quelqu'un l'aurait sûrement volée. Je sortis de la chambre en courant et grimpai l'escalier quatre à quatre. J'entrai, allumai et poussai la porte du cabinet de toilette. La montre était sur le lavabo, là où je l'avais laissée.

J'allais repartir lorsque j'aperçus le trousseau de Mr. Philips qui traînait sur son bureau. Parmi ses clefs, se trouvait celle du tiroir contenant les dossiers personnels de chacun d'entre nous. Mes camarades n'arrêtaient pas de me demander si, durant mes heures de travail, il ne m'arrivait pas d'apercevoir ces précieux documents. Cela ne s'était jamais produit.

Mon cœur s'emballa. J'allai jeter un coup d'œil dans le couloir puis revins examiner les clefs. Il était quasiment impossible à un orphelin de connaître l'histoire de ses origines, du moins pas avant ses dix-huit ans accomplis. Je ne savais que deux choses : un, ma mère était trop malade pour me garder ; deux, j'étais ce qu'on appelle « née de père inconnu ».

Je n'avais jamais rien commis de malhonnête mais ça, c'était différent. Ce n'était pas du vol. C'était simplement reprendre mon dû : la connaissance de mon passé. Sans faire de bruit, je fermai la porte, pris le trousseau et trouvai sans peine la clef qui ouvrait le fameux tiroir.

Puis il se passa quelque chose d'étrange. Un long moment, je restai pétrifiée devant le tiroir ouvert, incapable de poser les doigts sur la chemise étiquetée à mon nom. Etait-ce la peur de commettre une infraction ou bien d'apprendre ce qui me concernait ? Je rassemblai tout mon courage et sortis le dossier. Il était plus épais que je ne l'avais imaginé. J'éteignis la lampe du bureau pour éviter d'attirer l'attention et m'assis par terre devant la porte entrouverte de la salle de bains. Un mince rayon de lumière me permit de lire.

Les premières pages contenaient des informations que je connaissais déjà : bulletins scolaires et rapports médicaux. Mais les dernières ouvrirent les portes sombres de mes origines et révélèrent des faits qui me surprirent et m'effrayèrent à la fois.

Ma mère n'était qu'une adolescente lorsqu'on avait diagnostiqué sa psychose maniaco-dépressive. Après plusieurs tentatives de suicide, l'une en se tailladant les poignets, les deux autres en avalant des somnifères, on avait dû l'interner dans un établissement spécialisé.

C'est là qu'elle tomba enceinte. Apparemment, personne ne découvrit l'identité du coupable. Etait-ce un membre du personnel particulièrement pervers ou l'un des malades mentaux ? En tout cas, il était difficile de croire qu'entre les prises de calmants, les bains glacés et les électrochocs ma mère ait vécu une belle et romantique histoire d'amour.

Bref, lorsqu'on s'aperçut de son état, quelqu'un prit la décision de ne pas la faire avorter. Après ma naissance, aucun de mes grands-parents, ni maternels ni paternels, ne se manifestant et Mr. Pervers ne me réclamant pas, je fus déclarée pupille de l'Etat. Qui me prénomma Crystal ? Le dossier ne le disait pas. J'aime à penser que c'est la seule et unique chose qu'ait pu me donner ma pauvre mère.

Un simple certificat de décès annonçait sa mort à l'âge de vingt-deux ans. Sa quatrième tentative de suicide avait été la bonne. Je pouvais donc vivre des années et des années, jamais je ne la rencontrerais, pas même lorsque j'aurais recouvré ma liberté.

Ces révélations me bouleversèrent ; mes mains se mirent à trembler et une sorte de vide douloureux se creusa en moi. Avais-je hérité des problèmes mentaux de ma mère ? Et la perversité de mon père était-elle inscrite dans mes gènes ? Après avoir remis la chemise en place, fermé le tiroir, reposé les clefs sur le bureau et quitté la pièce, je fus prise de nausées et dus courir à la salle de bains.

Je m'aspergeai longuement la figure d'eau froide puis me regardai dans la glace, cherchant sur mes traits quelque signe de maladie ou de perversion. Le Dr. Jekyll épiant sur son visage une trace de

Mr. Hyde, c'était moi. Depuis ce jour, mes nuits furent peuplées de cauchemars dans lesquels la folie s'emparait de moi, me condamnant à un internement définitif dans un hôpital psychiatrique.

Bien sûr, en lisant ces lignes, tous les psychologues qui s'étaient penchés sur mon cas avaient dû se demander si je ne partageais pas les dangereuses caractéristiques de mes parents. Le dossier indiquait aussi que ma mère avait été une élève médiocre et indisciplinée. A l'école puis au collège, elle n'avait cessé de s'attirer des ennuis. Ce qui n'avait jamais été mon cas ; mais j'ai lu récemment que certains considèrent ce genre de comportement comme un appel au secours, de même que la tentative de suicide.

Avec tous ces appels au secours lancés à la cantonade, la vie me faisait penser à un immense océan dans lequel beaucoup de gens, menacés de noyade, se débattent tandis que des bouées de sauvetage jetées au hasard décident de façon fantaisiste de sauver celui-ci plutôt que celui-là. Naturellement, les plus riches avaient plus de chances d'être sauvés — ou du moins parvenaient-ils à se raccrocher tant bien que mal à une corde. Les autres, comme moi, aboutissaient dans des foyers d'accueil, des orphelinats ou des maisons de redressement. On nous balayait sous le tapis comme on se débarrasse de la poussière quand on n'a pas envie de se fatiguer, mais nous étions si nombreux que ça faisait plutôt désordre.

Je ne parlai à personne de ce que j'avais lu mais je commençai à comprendre pourquoi si peu de parents en quête d'enfants à adopter s'étaient intéressés à moi. On leur avait probablement révélé mes origines, ce qui les avait dissuadés de prendre ce risque.

Un jour, dans un autre orphelinat, alors que j'étais assise dehors et lisais *Le Journal d'Anne Frank* (j'ai toujours lu des livres au-dessus de mon âge), je sentis une ombre m'effleurer ; je levai les yeux et vis un ballon qui dérivait dans le vent, sa ficelle pendillant mollement comme une fine queue. Un petit enfant avait lâché prise et le ballon s'était échappé. A présent, il voguait sans but, condamné à errer. Il disparut derrière la crête d'une rangée d'arbres. « Voilà à quoi nous ressemblons, me dis-je, à des ballons qu'une main a lâchés, volontairement ou par mégarde, pauvres âmes ballottées par le vent, attendant et espérant qu'une autre main nous rattrape et nous ramène sur Terre. »

Trois années s'écoulèrent encore sans que je sois adoptée ou transférée dans un foyer d'accueil. Je continuai à aider Mr. Philips qui m'avait donné le surnom de Mlle Efficace. Ce qui lui permettait de houspiller à bon compte ses employés.

— Pourquoi ne pouvez-vous pas vous montrer aussi responsable et soigneuse que Crystal ? ne cessait-il de s'exclamer.

Sa secrétaire personnelle, Mrs. Mills, y avait droit autant que les autres.

Mrs. Mills avait toujours l'air d'émerger d'une mer de papier carbone. A cause des rubans de machine à écrire et des cartouches d'encre qu'elle tripotait à longueur de journée, ses doigts étaient perpétuellement teintés de bleu ou de noir. Le matin, pourtant, elle arrivait aussi pomponnée qu'une œuvre d'art de facture classique, ses cheveux gris-bleu bien coiffés, le visage maquillé, les vêtements fraîchement repassés ; le soir, des mèches lui cachaient les yeux, son chemisier arborait une ou deux taches, son rouge à lèvres avait débordé et on aurait plutôt dit l'œuvre d'un peintre abstrait. Jamais elle ne m'en voulut des reproches de son patron. Au contraire, elle m'accueillait gentiment et appréciait mon travail, sans doute parce qu'elle aurait dû l'effectuer si je n'avais pas été là.

Pour quelqu'un de mon âge, j'en savais déjà beaucoup sur la psychologie humaine. C'est la lecture de mon dossier et la découverte des problèmes de ma mère qui m'avaient poussée à m'y intéresser. Du coup, j'avais décidé que plus tard je serais médecin. De toute façon, c'est toujours utile de connaître la psychologie. Cela peut simplifier les choses, surtout quand on vit dans un orphelinat.

Mais être plus intelligent et se montrer plus responsable que les autres n'est pas toujours un avantage. Cela est particulièrement vrai pour les orphelins. Plus vous avez l'air vulnérable, plus vous aurez de chances d'être adopté. Si vous paraissez capable de vous assumer, qui aurait envie de prendre soin de vous ? Du moins, c'est ainsi que je m'expliquais le fait d'être encore prisonnière du système. De futurs parents n'aiment pas se sentir inférieurs aux enfants qu'ils pensent adopter. L'expérience me l'a appris.

Je me souviens de ce couple qui avait demandé à me voir. Ils voulaient un enfant déjà grand. La femme, prénommée Chasteté, arborait un petit sourire idiot. Son mari l'appelait Chas et elle l'appelait Arn, diminutif d'Arnold. J'imagine qu'ils auraient fini par m'appeler Crys. Achever les mots semblait au-dessus de leurs forces. Ils avaient le même problème avec les phrases qu'ils abandonnaient à mi-chemin.

— Qu'est-ce que tu aimerais faire quand tu... ? me demanda Chas.

— Quand je quoi ?

— Quand tu seras grande. Quand tu auras fini...

— Le collège, le lycée, le service militaire, l'école de secrétariat ou le stage d'informatique ? énumérai-je.

Je les avais immédiatement détestés. Les gloussements incessants de la femme m'horripilaient et il était évident que son mari avait tout de suite regretté d'avoir mis les pieds dans la pièce.

— C'est ça, fit-elle avec un petit rire niais.

— Je crois que j'ai envie d'être médecin, à moins que je ne devienne écrivain. Je ne sais pas encore très bien. Et vous ?

Abasourdie, elle papillota des yeux.

— Comment ?

— Quand vous... ?

Je jetai un coup d'œil à Arn dont le visage grimaça.

Le sourire stupide de Chas se flétrit sur ses lèvres avant de s'effacer complètement. Elle prit un air consterné et, dès lors, ne cessa de jeter sur la porte des regards fébriles comme s'il s'agissait d'une issue de secours.

Ils furent très soulagés de voir l'entretien s'achever. Il s'écoula de longs mois avant qu'on ne me propose d'autres parents potentiels, c'est-à-dire avant que je ne fasse la connaissance de Thelma et Karl Morris. Apparemment, ni mes origines ni ma précocité ne les effrayaient. Après coup, Mr. Philips m'expliqua que j'étais exactement ce qu'ils désiraient : une adolescente en bonne santé qui ne poserait pas de problème grave et qui, de tempérament indépendant, ne pèserait pas trop sur leur existence.

Thelma semblait convaincue que, quels qu'ils aient été, les dommages dont, pauvre orpheline, j'avais forcément souffert s'effaceraient au bout de quelques semaines chez eux. Son optimisme absurde me plut. C'était une petite femme, âgée de vingt-huit ou vingt-neuf ans, aux boucles brunes et au regard aussi innocent que celui d'un enfant de six ans.

Karl n'était guère plus grand. Avec son corps trapu, ses cheveux et ses yeux d'un brun sombre, il faisait plus âgé que ses trente ans. Son sourire amical, planté sur un visage rond, faisait penser à un bouquet de baies rouges dressé sur un plat de crème fraîche. Il avait de petites mains aux doigts épais.

Il était comptable dans une grande entreprise et elle femme au foyer, mais ils avaient décidé que c'était un travail comme un autre, pour lequel elle méritait un salaire. Quand les années étaient bonnes, elle se voyait octroyer une augmentation. Ils ne pouvaient s'empêcher de parler d'eux-mêmes, comme s'ils voulaient me déballer leur vie entière en un seul entretien.

Leur principale qualité était le naturel. Il n'y avait rien de rusé, de forcé ni de menaçant chez eux. Cela me plut et me mit à l'aise. A plusieurs reprises durant ces quelques instants décisifs, j'eus l'impression que c'était à *moi* de décider si j'allais *les* adopter.

— Tout est trop sérieux ici, déclara soudain Thelma avec une grimace de désapprobation. C'est un endroit trop sérieux pour des jeunes. Je n'entends aucun rire. Je ne vois aucun sourire.

Sérieux dans lequel elle sombra tout à coup tandis qu'elle se penchait à mon oreille pour murmurer :

— Tu n'as pas de petit ami, au moins? Je n'aimerais pas du tout casser une histoire d'amour.

— Non. La plupart des garçons ici sont complètement immatures.

Ce jugement la soulagea visiblement.

— Bien, dit-elle. Alors, tout est arrangé. Tu vas venir avec nous et nous ne parlerons plus jamais de choses désagréables. Karl et moi, nous refusons la tristesse. Si on ne pense pas au malheur, il n'arrive pas. Tu verras, ça marche.

J'aurais dû me méfier mais je décidai pour une fois de cesser d'analyser tout le monde et de me contenter d'apprécier les qualités de la personne qui avait choisi d'être ma mère.

1

Renaissance

Le trajet vers la maison des Morris ressembla fort à une visite guidée de leur vie. Leur voiture, de prix modéré, avait été choisie, expliqua Karl, pour sa consommation d'essence raisonnable et la cote élevée que lui attribuait un journal spécialisé.

— C'est Karl qui décide de tout ce que nous achetons, déclara Thelma avec le petit rire strident qui ponctuait chacun de ses propos. Il dit qu'un consommateur averti en vaut deux. On ne peut pas se fier à la publicité. La publicité, et surtout celle de la télévision, n'est qu'un tas de mensonges. N'est-ce pas, Karl ?

— Oui, chérie, acquiesça-t-il.

J'étais assise sur la banquette arrière et, durant tout le trajet jusqu'à leur domicile — mon nouveau domicile — à Wappingers Falls, New York, Thelma resta à demi tournée vers moi de façon à me parler plus commodément.

— Karl et moi, on s'aime depuis l'enfance. Est-ce que je te l'ai déjà dit ?

Elle poursuivit avant que j'aie pu répondre que oui, elle me l'avait signalé au moins quatre fois.

— On a commencé à sortir ensemble dès la

classe de première et je lui suis restée fidèle tout le temps qu'il est allé à l'université. Lui aussi. Une fois diplômé, il a trouvé une situation chez IBM et nous avons pu nous fiancer. Karl a aidé mes parents pour tous les préparatifs du mariage, y compris pour trouver le meilleur endroit où acheter les fleurs. N'est-ce pas, Karl ?

— C'est vrai, fit-il, les yeux rivés sur la route.

— En général, Karl n'aime pas qu'on parle beaucoup quand il conduit, expliqua Thelma en regardant son mari avec un sourire. Il dit que les gens oublient combien la conduite d'une voiture exige d'attention.

— Surtout de nos jours, intervint Karl, avec toute la circulation qu'il y a sur les routes, tous ces adolescents et toutes ces personnes âgées qui prennent le volant. Ces deux catégories de conducteurs causent plus de soixante pour cent des accidents.

— Karl a toutes sortes de statistiques comme ça dans la tête, affirma Thelma d'un ton empli de fierté. La semaine dernière encore, je pensais à remplacer notre four à gaz par un four électrique, et Karl a converti les calories... c'est bien le mot, Karl ? Calories ?

— Oui.

— ... les calories en coût et il m'a montré que le four à gaz était plus économique. N'est-ce pas merveilleux d'avoir un mari comme Karl qui peut vous empêcher de prendre de mauvaises décisions ?

J'approuvai d'un sourire et regardai par la vitre. Une centaine de kilomètres seulement séparaient l'orphelinat de la maison de mes nouveaux parents mais je ne m'étais jamais aventurée aussi loin dans le nord. Mes voyages s'étaient limités à quelques excursions avec l'école. Quitter l'orphelinat et rouler une demi-heure tenait de l'aventure.

L'été finissait et le vent froid du nord commençait à déferler. Les feuilles viraient au doré, au roux, au brun fauve et, chaque fois que la route me permettait d'apercevoir les contreforts boisés des montagnes, cette débauche de couleurs me frappait par sa beauté. Il faisait un temps splendide. Le ciel était d'un bleu profond et, poussés par le vent, des nuages s'étiraient jusqu'à devenir aussi fins qu'un voile de gaze. Le point argenté d'un avion vira au-dessus de nos têtes et disparut dans la brume.

J'étais heureuse : j'allais avoir une maison, un chez-moi, des parents à aimer et qui, je l'espérais, m'aimeraient eux aussi. Toutes choses que la plupart des gens considèrent comme simples et normales mais qui, pour une orpheline, sont nouvelles et précieuses.

— Karl est l'aîné de trois frères et le seul marié. Le deuxième, Stuart, vend des climatiseurs à Albany et le plus jeune, Gary, a fait une école de cuisiniers à Poughkeepsie, dans la ville où vit le père de Karl. Ensuite, il a été embauché sur un bateau de croisière si bien que nous ne le voyons guère. Karl et ses frères sont très rapprochés en âge mais ils ne sont pas si intimes que ça. Personne ne l'est, d'ailleurs, dans cette famille, n'est-ce pas, Karl ?

Karl fit mine de se tourner vers sa femme. Sa tête commença à pivoter puis revint précipitamment face à la route ; cent mètres plus loin, une automobile émergeait d'un voie perpendiculaire, ce qui l'obligea à ralentir.

— S'ils ne se téléphonaient pas de temps en

temps, ils ignoreraient qui de la famille existe encore et qui a disparu. Le père de Karl vit toujours mais sa mère est décédée... quand donc? Il y a deux ans, Karl?

— Demain, ça fera un an et onze mois, répondit-il machinalement.

— Un an et onze mois, répéta-t-elle.

Ainsi, du côté de Karl, j'avais deux oncles et un grand-père. Thelma n'attendit pas que je l'interroge sur sa propre famille.

— Je n'ai ni frère ni sœur, dit-elle. Ma mère n'aurait pas dû avoir d'enfant. A dix-sept ans, elle a eu un cancer du sein et les médecins lui ont recommandé de renoncer à être mère. Et puis, voilà que, la trentaine passée, elle est tombée enceinte de moi. Mon père avait quarante et un ans à l'époque. Maintenant, il en a soixante-neuf et elle cinquante-huit. Je parie que tu te demandes pourquoi nous n'avons pas eu d'enfant nous-mêmes. Avant toi, je veux dire, ajouta-t-elle aussitôt.

— Ça ne me regarde pas.

— Mais si, mais si! Maintenant, tout ce qui nous concerne te concerne. Nous allons former une famille, si bien que nous devons tout partager et être très francs les uns envers les autres. N'est-ce pas, Karl?

— Absolument, fit Karl qui mettait son clignotant pour doubler une voiture.

— Le taux de spermatozoïdes de Karl est trop bas, dit-elle avec un sourire de jubilation qui me surprit.

— Je ne sais pas si nous devrions parler de ça, Thelma.

La nuque de Karl était devenue écarlate.

— Oh, bien sûr que si ! C'est une grande fille ; elle sait certainement tout ce qu'il y a à savoir sur ce sujet. Les enfants d'aujourd'hui sont très en avance. C'est forcé, avec tout ce qu'on passe à la télévision. Tu regardes beaucoup la télévision, Crystal ?

— Non.

— Oh, fit-elle et, pour la première fois, son regard se ternit.

Ses yeux me firent penser à de petites torches électriques dont les piles faibliraient. Puis une idée lui traversa la tête et son visage s'éclaira à nouveau.

— C'est sans doute parce que tu n'en avais guère l'occasion ; vous étiez si nombreux à vivre dans la même maison. En tout cas, nous avons essayé d'avoir des enfants. Dès que Karl a jugé que c'était raisonnable financièrement, nous avons essayé, n'est-ce pas, Karl ?

Il hocha la tête.

— Malgré tous nos efforts, il ne s'est rien passé. J'ai pris ma température tous les matins, marqué les jours sur mon calendrier... et même organisé des petites soirées très romantiques, ajouta-t-elle en rougissant. Rien. Nous nous trouvions nuls. « Applique-toi », que je lui disais, n'est-ce pas, Karl ?

— Thelma, tu me mets dans l'embarras, dit-il.

— Oh, voyons ! Nous formons une famille. Il n'y a pas à être gênés.

La simplicité et la franchise avec lesquelles elle m'exposait des détails aussi intimes de leur vie me fascinaient.

— Bref, reprit-elle en se retournant vers moi, Karl a lu des livres sur la question et a découvert qu'il devait éviter tout vêtement serré et les bains trop chauds. Il s'est efforcé d'avoir toujours un peu froid, en particulier juste avant d'essayer de faire un bébé. Nous avons même espacé nos rapports parce que la continence accroît le volume et la puissance du sperme. N'est-ce pas, Karl?

— Tu n'es pas obligée d'aller jusqu'au fond des choses, Thelma.

— Oh, mais si! Je veux que Crystal comprenne bien. L'autre jour, je lisais une revue, *Parents modernes* ou quelque chose de ce genre, et l'article expliquait que mère et fille devaient être très franches entre elles et ne rien se cacher, sur aucun sujet, afin d'arriver à une vraie et totale confiance... Bon, où j'en étais? Oh, le volume et la puissance du sperme... Alors, comme ça ne marchait toujours pas, nous sommes allés consulter un médecin. Sais-tu qu'en moyenne un homme émet entre cent vingt millions et six cents millions de spermatozoïdes en une seule éjaculation?

— Toi qui n'arrives pas à retenir les chiffres, comment se fait-il que ceux-là restent gravés dans ta tête? demanda gentiment Karl.

— Je ne sais pas. Ils ne s'oublient pas facilement, j'imagine, répondit-elle en haussant les épaules. Bref, nous avons découvert que, quoi qu'il fasse, Karl en avait beaucoup moins. Nous avons continué à essayer, bien sûr, et puis finalement on a décidé d'adopter. En fait, l'idée m'en est venue en lisant *Battements de cœur*, de Torch Summer. J'en ai discuté avec Karl et il a trouvé lui aussi que c'était une bonne idée. Malgré tout le plaisir que ça donne, s'occuper d'un bébé, ce n'est pas une mince affaire. Il faut se lever plusieurs fois par nuit et ensuite on est trop fatigué le lendemain pour faire quoi que ce soit, même regarder la télévision. C'est comme ça qu'on a cherché un enfant plus âgé et qu'on t'a trouvée, conclut-elle.

— Notre problème de stérilité n'est pas si rare que ça, intervint Karl dès qu'il en eut la possiblité. On l'attribue généralement à la femme mais, dans trente-cinq pour cent des cas, la cause est masculine.

— Karl se sent responsable mais je ne lui reproche rien, dit Thelma d'une voix qui ne tenait pas vraiment du murmure. C'est exactement le sujet de *La Seconde Chance de l'amour*, d'Amanda Fairchild. Tu as lu celui-là ? Je sais que tu lis beaucoup.

— Non. Je n'en ai jamais entendu parler.

— Oh... Pourtant, il est resté pendant des mois, l'année dernière, numéro un des romans d'amour. Bref, l'amant d'April a les mêmes problèmes que Karl, seulement il ne l'apprend que lorsque April tombe enceinte, de quelqu'un d'autre évidemment. Ça se termine très mal parce que April meurt en couches.

A ma grande surprise, les yeux de Thelma s'emplirent de vraies larmes. Puis elle sursauta sur son siège et sourit bravement.

— Non, aujourd'hui, nous ne devons pas parler de choses tristes. Aujourd'hui est un grand jour pour nous trois. Nous allons dîner au restaurant, n'est-ce pas, Karl ?

— Oui. Je pensais vous emmener au Coquillage. Tu aimes les fruits de mer, Crystal ?

— Je n'en ai pas souvent mangé mais, oui, j'aime bien ça.

— C'est rare que nous allions prendre un repas à l'extérieur. Ce n'est pas raisonnable, dit Thelma. Mais Karl trouve qu'au Coquillage on en a pour son argent.

— Les homards et les crevettes sont hors de prix, signala Karl, mais ils proposent un menu très bon, à un prix abordable, avec autant de salade et de pain qu'on veut. J'aime bien leur menu. Il est d'un bon rapport qualité-prix. Tu verras leur choix de desserts. Je parie que tu aimes le gâteau au chocolat.

— C'est l'un de mes préférés.

Cette conversation sur la nourriture faisait gronder mon estomac.

— Nous avons tellement de choses à découvrir, dit Thelma. Je veux savoir tout ce que tu aimes, tes couleurs préférées, tes vedettes de cinéma préférées, tes chanteurs préférés, tout. J'espère que nous avons beaucoup de préférences en commun, mais si ce n'est pas le cas, tant pis. Ça n'a pas vraiment d'importance, m'assura-t-elle en hochant la tête avec énergie comme pour s'en convaincre elle-même.

Un peu moins d'une heure plus tard, nous remontions la rue d'un quartier résidentiel et tournions dans l'allée d'une petite maison de style ranch. Une porte de garage en aluminium gris, des volets en aluminium noir, deux carrés de pelouse séparés par une allée bordée de haies et un érable rouge sur la gauche. Une grande boîte aux lettres, elle aussi en aluminium, portait le nom de MORRIS et, en dessous, l'adresse en caractères plus discrets.

— *Home sweet home*, fit Thelma tandis que la porte du garage se relevait.

Le garage était plus propre que bien des pièces de l'orphelinat. Des rayonnages sur lesquels tout était bien rangé et étiqueté couvraient le mur du fond. Le sol était même recouvert d'un tapis.

Karl m'aida à sortir mes bagages et mon carton de livres. Une porte menait dans la cuisine.

— C'est Karl qui a dessiné les plans de la maison, expliqua Thelma. Il a trouvé pratique de passer directement du garage à la cuisine pour pouvoir décharger les provisions du coffre et ranger tout de suite chaque chose à sa place, sans ressortir par-dehors.

La cuisine était petite mais très propre, elle aussi. Un coin-salle à manger sur la droite donnait sur un jardin guère plus grand que celui de devant.

Au-dessus de la table trônaient un panneau de liège avec des petites notes punaisées et un calendrier aux dates cerclées de rouge. Un autre panneau, magnétique celui-là, était accroché à la porte du réfrigérateur pour rappeler quelles denrées devaient être rachetées.

— Par ici, dit Karl.

En sortant de la cuisine, on suivait un couloir. A droite, le salon ; à gauche, l'entrée avec une penderie pour les manteaux. Plus loin, un bureau avec des rayonnages remplis de livres, un canapé et des fauteuils, tous tournés vers un grand poste de télévision. La salle à manger se trouvait juste à côté.

Ma chambre n'était guère plus grande que celle de l'orphelinat mais elle avait un papier peint fleuri, des rideaux en coton blanc, un bureau surmonté d'un petit meuble fermé et un lit à deux places avec un traversin et des coussins roses et blancs. Deux placards flanquaient le lit.

— Tu peux utiliser le plus petit pour ranger autre chose que les vêtements, suggéra Karl.

J'ouvris le meuble qui surmontait le bureau et découvris un ordinateur.

— Surprise ! s'écria Thelma en applaudissant.

On l'a acheté pour toi il y a deux jours. Karl a comparé tous les prix et choisi le plus intéressant.

— Il est très moderne, dit Karl. Je t'ai connectée à Internet, si bien que tu pourras faire tes recherches d'ici.

— Merci, merci beaucoup !

J'étais bouleversée. Personne ne m'avait offert quoi que ce soit d'aussi cher. Le souffle coupé, j'effleurai les touches du clavier pour m'assurer que ce n'était pas un rêve.

— Bon, mais ne deviens pas comme ces enfants dont on entend parler, prévint Thelma, qui restent toute la journée seuls dans leur chambre sans décoller de l'écran de leur ordinateur. Nous voulons avoir une vraie vie de famille et dîner ensemble, regarder la télévision ensemble, bavarder, et tout et tout.

— Moi aussi, affirmai-je, trop excitée pour enregistrer ses propos. Merci beaucoup.

— Le plaisir est pour nous, dit Karl.

— Je vais t'aider à ranger tes affaires et, comme ça, nous verrons de quoi tu as besoin dans l'immédiat. Nous ferons une liste et Karl nous dira dans quels magasins nous avons intérêt à aller. N'est-ce pas, Karl ?

— Absolument.

— Ô Seigneur ! Oh, non ! s'écria Thelma en pressant la main sur son sein.

Mon cœur se serra. Est-ce que j'avais déjà commis une erreur ?

— Que se passe-t-il ? demanda Karl.

— Regarde l'heure, dit-elle en désignant le petit réveil posé sur mon bureau. Il est trois heures passées. Je suis en train de rater *Cœurs et Fleurs* et c'est aujourd'hui qu'Ariel apprend si Todd est le père de son enfant. Tu connais ? me demanda-t-elle.

N'ayant aucune idée de ce dont elle parlait, je quêtai du regard l'aide de Karl.

— Elle parle d'une série télévisée, expliqua-t-il. Comment peut-elle la suivre, Thelma ? C'est l'heure à laquelle elle revient de l'école, à moins qu'elle n'y soit encore.

— Oh, j'avais oublié ! Eh bien, tu sais ce que je fais quand je manque quelque chose qui me plaît ? Je l'enregistre. Mais voilà, avec toute cette excitation, j'ai oublié de programmer le magnétoscope. Ça t'ennuierait d'attendre un peu, ma chérie ? Je t'aiderai à ranger tes affaires dès que la série sera finie.

— Pas de problème, répondis-je en posant une de mes valises sur le lit pour l'ouvrir. Il n'y a pas grand-chose à ranger, de toute façon.

— Non, non, non, Crystal chérie ! s'exclama-t-elle en me prenant la main. Tu viens avec moi. On va regarder ensemble l'émission et ensuite nous nous occuperons de tes affaires.

Tandis que Thelma m'entraînait vers le couloir, je jetai un coup d'œil à Karl dans l'espoir qu'il me vienne en aide.

— Thelma, rappelle-toi qu'il faut être prêts à cinq heures précises pour aller au restaurant, dit-il.

— D'accord, Karl.

Tirée d'une main ferme, je quittai la pièce en volant littéralement.

— Bienvenue dans notre heureux foyer, lança Karl dans mon dos.

2

Un monde parallèle

Ce que nous craignions par-dessus tout, mes camarades de l'orphelinat et moi, c'était de ne pas être capables de nous adapter au style de vie de la famille qui nous adopterait. Nous ne saurions pas comment nous comporter à table ou en présence de leurs amis, nous ne saurions pas entretenir notre chambre ou occuper nos loisirs. Bref, nous ne saurions pas comment plaire à nos nouveaux parents. Nous aurions toujours l'impression de passer un examen. Nous nous sentirions épiés, nous guetterions leurs chuchotements et à chaque instant nous nous demanderions ce qu'ils pensent de nous. Etaient-ils heureux de nous accueillir dans leur vie ou regrettaient-ils leur décisison et cherchaient-ils une façon aimable de nous renvoyer ?

Je n'eus pas de mal à m'adapter à mes nouveaux parents, à découvrir ce qu'ils attendaient de moi, ce qu'ils aimaient et ce qu'ils détestaient. Il n'y avait rien d'imprévisible chez Karl. C'était la personne la plus organisée que j'aie jamais rencontrée. Il se levait à la même heure tous les matins, le week-end comme en semaine.

— Les gens ont tort de dormir tard le week-end, me dit-il. Ça perturbe leur horloge biologique.

En semaine, son petit déjeuner se composait invariablement d'un bol de céréales contenant la proportion idéale de fibres et de fruits. Le week-end, il se préparait soit une omelette, soit du porridge parsemé de raisins secs. Bien qu'un peu rondouillard, il prêtait une grande attention à son régime alimentaire et me recommandait d'en faire autant.

Ce dont il s'abstenait complètement, c'était la pratique d'un exercice quelconque. Il admettait avoir tort mais le seul effort qu'il ait fourni pour corriger cette erreur avait été, après avoir comparé durant des mois tous les modèles disponibles sur le marché, l'achat d'un tapis de jogging. Quand je lui fis remarqer que l'engin avait l'air flambant neuf, il avoua qu'il lui restait encore à en caser l'usage dans son emploi du temps.

— Maintenant que tu es là pour me le rappeler, peut-être que je vais y penser.

Il n'avait vraiment pas besoin de moi, ni de personne, pour lui rappeler quoi que ce soit. Toutes ses affaires étaient parfaitement rangées et inventoriées. Il savait de combien de paires de chaussettes, de chemises blanches, de pantalons, de vestes et de cravates il disposait. Il pouvait même me dire le prix de chaque article. Le plus impressionnant était qu'il savait combien de fois il avait porté tel vêtement et à quel moment il devrait être nettoyé et repassé. Il les soignait comme d'autres soignent leurs voitures et, lorsque l'un d'eux avait été porté, nettoyé ou lavé un certain nombre de fois, il le rangeait dans un grand sac étiquetté « A donner ».

Karl menait une existence réglée à la minute près, du matin au soir. L'heure du dîner était immuable ; ensuite il regardait les informations, lisait son journal et, à 22 heures tapantes, y compris le week-end, il allait se coucher, sauf s'ils avaient prévu de sortir, ce qui était exceptionnel.

Si Thelma annonçait qu'elle avait envie d'aller au

cinéma, Karl consultait les critiques et lui en rendait compte. Puis il décidait si le film méritait cet effort. S'il avait un doute, il suggérait la séance du dimanche après-midi qui, étant moins chère, diminuait le risque.

— Evaluer, Crystal, expliquait-il. Peser le pour et le contre, c'est ce qui rend la vie vraiment confortable. L'actif d'un côté, le passif de l'autre. Tout ce que tu fais, tous les gens que tu rencontres ont un envers et un endroit, des avantages et des inconvénients. Repère-les et tu sauras comment te comporter.

Il me sermonnait souvent sur ce thème et, bien que cela me parût tourner à l'obsession, j'écoutais respectueusement. Mais, selon moi, tout, dans la vie, ne pouvait être envisagé sous l'angle « profits et pertes ».

D'une certaine façon, l'existence de Thelma était aussi réglée que celle de son mari, sauf que la sienne suivait le rythme des émission télévisées. Elle organisait ses différentes sorties en fonction des programmes. Sans mépriser l'usage du magnétoscope, elle préférait de beaucoup être présente au moment de la diffusion.

— C'est comme assister en direct à un événement au lieu de le regarder aux informations.

Elle se réservait aussi des temps de lecture et, assise dans son fauteuil à bascule, un châle en dentelle sur les épaules, elle se plongeait dans les volumes que lui envoyait chaque mois un club de romans roses auquel elle s'était abonnée. La bouilloire pouvait siffler, le téléphone sonner, le carillon de la porte d'entrée retentir... absorbée par l'histoire, elle n'entendait plus rien. Elle était dans un autre monde.

Ce qui ne l'empêchait pas d'être dévouée à Karl et de le soigner comme toute bonne épouse. Le dimanche, Karl planifiait les menus de la semaine ; il choisissait des denrées qui pouvaient être cuisinées de différentes manières, ce qui permettait d'utiliser les restes et surtout de les acheter en plus grandes quantités, donc à moindre coût. Thelma suivait ces menus à la lettre. Si, pour une raison quelconque, le plan de Karl ne pouvait être respecté, elle en faisait un drame. Un matin, je dus l'accompagner dans un supermarché distant de quarante kilomètres parce que celui où elle se rendait habituellement ne vendait pas la marque de pêches en boîte que Karl avait prévue.

Si Karl était un conducteur prudent et peu bavard, Thelma parlait tellement au volant que j'en étais assourdie. Emportée par la conversation — ou plutôt son monologue —, elle était souvent distraite et, à deux reprises, dans un concert de coups de klaxon, elle franchit un carrefour sans freiner. Les deux fois, je sursautai sur mon siège et me cognai le crâne au plafond.

Une semaine après mon arrivée, nous rendîmes visite au père de Karl. Il habitait seul une petite maison de style Cape Cod, celle-là même où il avait vécu durant près de quarante ans. Elle était située dans un quartier résidentiel, très calme, parsemé de petits pavillons vieillots.

Le père de Karl était plus grand et beaucoup plus mince que son fils. Son visage long et maigre me rappela celui d'Abraham Lincoln. En regardant les photos disposées au salon, je constatai que Karl tenait surtout de sa mère tandis que ses frères, grands et sveltes, ressemblaient à leur père.

Papa Morris, ainsi qu'il se présenta à moi, était un vieil homme encore fringant, qui avait travaillé toute sa vie au service des eaux de la ville. Vivre paisiblement de sa retraite, jouer aux cartes avec d'autres retraités, faire un tour au bar du coin et lire son journal suffisait à son bonheur. Karl lui avait trouvé une femme de ménage qui venait mettre de l'ordre deux fois par semaine, mais pour rien au monde le vieil homme n'aurait accepté qu'on lui prépare ses repas.

— Quand je ne serai plus capable de m'occuper de moi, je te le dirai, marmonna-t-il lorsque son fils réitéra sa suggestion.

Il avait beau dire, sa cuisine n'était pas très propre. Des croûtes de riz et de haricots restaient collées au fond des casseroles et, dans l'évier, une pile de plats et d'assiettes attendait le retour de la femme de ménage. A peine arrivée, Thelma se mit au travail. Je l'aidai et, à nous deux, nous mîmes la pièce à peu près en ordre pendant que Karl et son père discutaient. Puis nous les rejoignîmes au salon pour boire un verre de citronnade fraîche.

Papa Morris me dévisagea avec intérêt tandis que Thelma décrivait avec enthousiasme le merveilleux commencement de notre nouvelle vie à trois, depuis mon arrivée chez eux. Les gros yeux bruns de papa Morris se refermèrent à demi derrière les lunettes.

— Ça te plaît de vivre avec ces deux-là? me demanda-t-il d'un ton sceptique.

— Oui, monsieur, m'empressai-je de répondre.

— Oui, monsieur? répéta-t-il en regardant Karl qui était assis, les mains posées à plat sur les genoux.

— C'est une jeune personne extrêmement polie, déclara fièrement Thelma. Tout à fait comme Whelma Matthews, dans *Les Beaux Jours.*

— Faut pas que tu m'appelles monsieur, petite demoiselle. Personne m'a jamais appelé monsieur. J'suis pas du genre à faire des manières. J'suis qu'un petit retraité.

— Elle est très intelligente, papa. Elle a d'excellentes notes à l'école, renchérit Thelma.

— Ça, c'est bien, fit-il d'un air radouci. Ma Lily a toujours désiré des petits-enfants mais y a aucun de mes garçons qui lui en a donné. Les petits-enfants, c'est comme les dividendes d'un investissement... A propos d'investissement, reprit-il en se tournant vers son fils, qu'est-ce qui se passe avec ce fonds commun de placements où tu m'as fait virer mon livret d'épargne ?

— Tu as gagné vingt-deux pour cent, papa.

— Bien. Bravo, mon garçon.

Il plongea la main dans sa poche de poitrine et en sortit du tabac à chiquer.

— Tu devrais renoncer à ça, papa. Ça donne le cancer de la bouche, dit Karl. Je lisais un article là-dessus hier, justement.

— J'ai chiqué pendant cinquante ans. Pas de raison de renoncer maintenant à quelque chose qui me fait plaisir. Pas vrai, Thelma ?

Elle lança un regard inquiet vers Karl.

— Eh bien, je...

— Mais si, tu devrais ! s'écria Karl. Pourquoi te faire souffrir inutilement ?

— Je souffre pas. Au contraire, ça me fait plaisir. J'sais pas qui me harcèle le plus, de toi ou de cette femme que tu m'envoies. Tout ce qu'elle sait faire, c'est se plaindre du travail que je lui donne. Combien tu la paies ?

— Dix dollars de l'heure, répondit Karl.

— Dix dollars ! Tu sais, dit-il en me regardant, avec dix dollars, autrefois, on nourrissait une famille entière durant toute une semaine.

— Mais depuis, beaucoup de choses ont créé l'inflation, répondis-je.

— Tiens donc ? Tu es un génie de l'économie comme Karl ? s'exclama-t-il.

— Non, monsieur. Mais je lis un peu.

— Oh, elle lit beaucoup, papa, intervint Thelma. Elle lit encore plus que moi.

— Ma Lily aussi aimait lire, dit-il d'un air songeur.

Puis il envoya une claque sur l'accoudoir de son fauteuil. Thelma et moi, nous sursautâmes.

— Bon, eh bien, tâchez de m'amener souvent cette jeune personne très polie, dit-il en se levant.

— Nous pouvons rester un peu plus longtemps, papa, dit Thelma.

— Moi, non. J'ai rendez-vous avec Charlie, Richard et Marty pour notre partie de belote, répliqua-t-il d'un air sévère.

Thelma jeta un coup d'œil à son mari.

— Nous étions juste passés pour te présenter Crystal et voir comment tu allais, papa, dit Karl en se mettant debout.

— Je vais aussi bien que je peux, vu les circonstances, dit-il avant de se tourner vers moi. Enchanté d'avoir fait ta connaissance, petite demoiselle.

Il me tendit une main que je serrai gauchement. Il avait de longs doigts calleux dont les ongles épais et jaunes n'avaient pas dû être soignés depuis au moins deux ans.

Durant le trajet de retour, je pensais à lui et aux grands-parents que j'avais imaginés. Dans aucun de mes rêves, je ne m'étais vue en train de leur serrer la main. J'avais imaginé des étreintes, des embrassades, des cris de joie, des félicitations pour le moindre de mes exploits et des vantardises quant à ceux à venir, exactement comme dans les films et les romans. Il ne me restait plus qu'à espérer que les parents de Thelma se conformeraient plus au modèle rêvé.

Ce fut le cas.

La mère de Thelma était encore plus petite que sa fille; ses traits étaient fins comme ceux d'un oiseau et ses poignets si minces que soulever une tasse pleine de café semblait risquer de les briser. Mais ce qui frappait le plus, c'était son grand sourire et ses yeux verts. Elle avait renoncé à teindre ses cheveux qui étaient d'un gris acier et bien coiffés. Le père de Thelma était grand et mince comme celui de Karl, mais beaucoup plus chaleureux. Ils exigèrent que je les appelle grand-père et grand-mère et ce fut tout de suite de généreuses embrassades.

— Je suis bien content qu'il y ait enfin un peu de jeunesse dans cette maison. Maintenant, ça va être un vrai foyer. Tâche de gâter un peu cette enfant, Karl Morris, recommanda ma grand-mère. Pas question de penser comme un comptable en ce qui la concerne. C'est ce qu'on attend de parents aimants et, si tu ne la gâtes pas, c'est nous qui le ferons.

Avant de partir, ils me donnèrent un billet de vingt dollars.

— Achète ce qui te passe par la tête, même si Karl trouve quc c'est du gaspillage, dit grand-mère.

En riant, elle me serra sur son cœur. Elle me plut beaucoup et j'eus hâte de la revoir.

De tout ce qui m'était arrivé depuis que j'étais venue vivre chez Thelma et Karl, cette visite était l'événement le plus agréable. Grâce à ces grands-parents, j'avais enfin l'impression de faire partie d'une vraie famille. La vie avec Karl et Thelma avait démarré de façon tellement formelle et organisée que j'avais du mal à les considérer comme un père et une mère. L'attitude de Karl était celle d'un mentor et Thelma était si absorbée par ses romans et ses émissions qu'il me semblait n'être qu'invitée à partager ses fantasmes.

J'avais hâte que commence l'école et de me faire de nouveaux amis, de découvrir mes professeurs et de relever le défi d'un niveau scolaire inconnu. Thelma m'emmena m'inscrire. Grâce à mes notes, on me mit dans une classe supérieure, ce dont Thelma ne cessa de s'enorgueillir tout le long du dîner. Comme d'habitude, cependant, elle trouva un personnage de roman à qui me comparer.

— La fille de Brenda, dans *Tonnerre et Passion,* est exactement comme toi, Crystal. Une gamine très douée. Elle finira peut-être Présidente, un jour.

— Comment la fille de Brenda peut-elle devenir Présidente ? demanda Karl. C'est le personnage d'un livre que tu as lu, non ? Tu connais la fin, en principe.

— Oh, mais on a annoncé une suite. Il y a toujours une suite.

— Je vois, fit-il en me regardant.

— Crystal est plus intelligente, malgré tout, reprit Thelma. Elle dit de ces choses, parfois, je n'en reviens pas. Elle est capable d'imaginer ce qui va se passer dans une série avant même que ça ait lieu.

— C'est assez prévisible, fis-je.

— Qu'est-ce qu'elle veut dire ? s'inquiéta Thelma avec un battement de cils effrayé.

— Que les intrigues ne sont pas difficiles à imaginer, dit Karl. Elles sont simples.

— Oh ! s'écria-t-elle avec un petit rire. Pour moi, elles sont compliquées.

Karl me jeta un regard insistant et nous changeâmes de sujet. J'eus des regrets et, un peu plus tard, présentai des excuses.

— Je n'avais pas l'intention de me moquer de tes séries, Thelma, dis-je.

— Ah bon ? Je n'ai pas eu l'impression que tu te moquais. Comment le pourrais-tu, d'ailleurs ? Ce sont des histoires tellement passionnantes, tellement romantiques. Tu n'aimes pas ça ?

— Si, j'aime les bonnes histoires.

— Alors, tu vois. Je savais que ça te plairait. N'oublie pas, demain nous saurons tout sur l'ex-mari de November. Tu crois qu'il l'aime encore ?

— Je ne me souviens plus de lui, avouai-je.

Elle me regarda comme si j'avais proféré une ânerie.

— Tu n'as pas pu oublier Edmond, voyons ! Il est siiiiiii beau ! S'il frappait à ma porte, je tomberais dans les pommes.

Ces séries produisaient-elles le même effet sur tous les gens qui les regardaient ? La question me laissa perplexe. Quelques jours plus tard, l'un de ses personnages préférés de la série *Les Beaux Jours* mourut. J'entrai dans la pièce au moment précis où le drame avait lieu. Thelma se mit à sangloter et à invectiver la télévision, au point que je pris peur.

— Il ne peut pas être mort. Ce n'est pas possible. Comment peut-il mourir ? Je vous en prie, ne le laissez pas mourir. Oh, Crystal, il est mort ! Grant est mort ! Comment est-ce possible ?

— Dans la vie réelle, les gens meurent, maman, si bien qu'ils sont obligés d'en faire mourir quelques-uns dans leurs histoires, non ?

— Non, protesta-t-elle avec une expression furieuse que je ne lui avais encore jamais vue. Ce n'est pas juste. Ils nous ont poussés à l'aimer et, maintenant, ils le tuent. Ce n'est pas juste.

Elle sombra dans un accès de mélancolie dont, malgré tous mes efforts, je ne pus la sortir. Elle était toujours dans cet état lorsque Karl rentra pour dîner. Il lui demanda ce qui l'attristait. Elle lui raconta le drame et fondit en larmes. Karl me jeta un coup d'œil ; le cœur battant, je baissai le nez sur mon assiette. Je ne savais que dire.

— Tu fais peur à ta fille, remarqua Karl.

Elle me regarda et ravala ses sanglots.

— Oh, je ne voulais pas te faire peur, Crystal. Mais c'est tellement triste.

— Ce n'est qu'une histoire, maman. Demain, il se passera autre chose et tu te sentiras mieux.

— Oui, oui, bien sûr. Tu as raison. Tu vois, Karl, comme elle est intelligente ?

— C'est ce que je vois, dit Karl.

Nous finîmes le repas, rangeâmes la vaisselle puis Thelma alla se blottir dans son fauteuil et resta sans bouger, les yeux rivés au sol.

— Je vais monter maintenant pour lire un peu avant de dormir, dis-je.

— Comment? Oh, oui... Bonne nuit, chérie. Tâche de penser à des choses agréables. Pauvre Grant! Ça me rappelle comme on était tristes quand la mère de Karl est morte.

J'écarquillai les yeux. Comment la mort d'une femme réelle pouvait-elle lui faire le même effet que celle d'un personnage de série télévisée?

— C'est un acteur, maman. Il réapparaîtra dans une autre histoire.

— Qui donc?

— Grant.

— Mais non, petite sotte, protesta-t-elle. Grant n'est pas un acteur. C'est quelqu'un qui est mort. Pour moi, ce ne sont pas des acteurs, avoua-t-elle.

Les yeux toujours rivés sur la moquette, elle se mit à se balancer dans son fauteuil.

— Tout le monde sera si triste demain dans l'émission, si triste.

— Alors tu ne devrais peut-être pas la regarder, suggérai-je.

Elle sursauta et me regarda comme si j'avais proféré un blasphème.

— Il faut que je regarde, Crystal. Je les aime tous. Ce sont mes amis.

A l'entendre, ils savaient qu'elle les regardait et leur existence même dépendait d'elle.

Au lieu de m'embrasser pour me dire bonsoir, elle s'absorba à nouveau dans la contemplation de la moquette. Je me hâtai d'aller me coucher. Sans savoir précisément pourquoi, pour la première fois depuis mon arrivée, je me sentais vaguement inquiète. Sans doute, me dis-je après quelques minutes de réflexion, allongée sur mon lit, craignais-je que ma nouvelle mère s'intéresse toujours plus à ses personnages de fiction qu'à moi.

J'avais trouvé une maison pleine de photos de famille. On y parlait volontiers des uns et des autres, on projetait d'aller leur rendre visite pendant les vacances. J'avais des grands-parents et bientôt j'allais entrer dans une nouvelle école. J'avais ma propre chambre et une nouvelle vie avait commencé.

Pourvu que je ne m'éveille pas un matin pour découvrir que mon temps de bonheur était achevé et que j'étais de retour à l'orphelinat.

3

Comme deux gouttes d'eau

Deux jours avant la rentrée scolaire, je m'étais installée dans le jardin pour lire. Thelma m'avait proposé de regarder avec elle *Service des Urgences*, une nouvelle série qui passait en fin de matinée et dont les épisodes se déroulaient dans l'hôpital d'une grande ville. Pour me convaincre, elle me signala que j'y récolterais quantité d'informations médicales.

— Toi qui veux être médecin un jour, insista-t-elle, profites-en. Tu vas apprendre des tas de choses.

— J'apprendrai plus de choses en lisant.

Je vis bien que mon refus la peinait mais j'étais saturée de séries et de télévision en général. A l'orphelinat, si je regardais deux fois dans la semaine le petit écran, c'était le maximum. Beaucoup d'enfants me trouvaient bizarre de préférer lire ou travailler sur l'ordinateur plutôt que de regarder leurs programmes habituels du soir, mais j'étais ainsi et n'avais pas l'intention de changer.

En outre, la journée était magnifique et je n'avais pas envie de la gaspiller, enfermée dans une pièce avec, pour seule lumière, celle de l'écran. C'était ma saison préférée. L'été avait perdu de son éclat et l'air vif et sec annonçait la fraîcheur de l'automne. Les odeurs étaient plus intenses, la lumière plus limpide et je me sentais plus énergique que lors des journées chaudes et humides qui avaient précédé. Rester assise sans bouger m'était même difficile.

— Salut.

Je levai les yeux et découvris une fille d'à peu près mon âge, aux longs cheveux décolorés par le soleil, qui se tenait devant la grille d'entrée. Elle portait un grand short et un T-shirt décoré de demi-lunes. Des boucles en argent ornées de petites pierres bleues et vertes pendillaient à ses oreilles.

— J'habite là, dit-elle en désignant une maison de l'autre côté de la rue. Tu viens d'arriver chez Karl et Thelma, c'est ça? On m'en a parlé, enchaîna-t-elle aussitôt. Moi, je m'appelle Helga. On va sans doute être dans la même classe. Tu entres en troisième, non?

— Oui. Je m'appelle Crystal.

— Helga et Crystal. On va nous prendre pour des sœurs.

Elle pouffa de rire puis déplaça son poids sur la jambe droite. De là où j'étais assise, on aurait dit qu'elle s'appuyait sur un mur imaginaire.

— Qu'est-ce que tu lis?

— *Le Seigneur des mouches.* C'est sur la liste des livres à lire durant l'année.

— Comment tu le sais ? demanda-t-elle.

— Quand je me suis inscrite, j'ai demandé ce qu'il fallait lire et on m'a donné la liste.

Elle fit une grimace, déplaça son poids sur la jambe gauche puis le ramena sur la droite, dandinement qu'elle pratiquait, je le découvris bientôt, chaque fois que quelque chose la surprenait ou l'agaçait.

— Tu fais déjà ton travail scolaire ?

— Pourquoi pas ? fis-je. J'aime bien être en avance.

— Tu dois être une bonne élève, alors, remarqua-t-elle avec un petit air déçu.

— Pas toi ?

Elle haussa les épaules.

— Je me débrouille. Tant que je ne descends pas en dessous de la moyenne, mes parents me fichent la paix. Tu étais dans une autre famille, l'année dernière ? enchaîna-t-elle directement.

— Non.

Elle me regardait fixement comme si elle rassemblait tout son courage pour me poser une autre question.

— Je vivais dans un orphelinat.

— Oh... Est-ce que tu as des frères et des sœurs que tu as dû laisser derrière toi ou bien qui ont été adoptés par d'autres familles ?

— Non. Mais j'ai vu le cas se présenter et ça n'avait rien de plaisant.

Elle sourit.

— J'espère que ça ne t'ennuie pas, que je te pose toutes ces questions. La curiosité, ma mère dit que c'est un trait de famille. Dès que nous entendons ou voyons quelque chose qui ne nous regarde pas vraiment, nous dressons l'oreille. Elle dit que c'est de nous qu'on s'est inspiré pour créer les premiers espions.

J'éclatai de rire.

— Tu n'as pas envie d'aller te promener ? Je pourrais te montrer le quartier, proposa-t-elle.

— D'accord, répondis-je en me levant.

Je me retournai soudain vers la porte d'entrée et hésitai une seconde.

— Qu'est-ce qu'il y a ? demanda-t-elle.

— Je me demandais s'il fallait que je prévienne ma mère.

— Ta mère ? Oh, ils veulent que tu préviennes quand tu sors et quand tu rentres ?

— Non.

— Eh bien, alors ? On va juste au bout de la rue.

Je hochai la tête. Puisque je ne m'absentais pas longtemps, il était préférable de ne pas interrompre Thelma au milieu d'une série.

En approchant de Helga, je remarquai qu'elle était plus grande que moi de plusieurs centimètres. Son visage était criblé de taches de rousseur comme si quelqu'un s'était amusé à lui tapoter les joues avec l'extrémité d'un feutre marron clair.

— Dis donc, qu'est-ce qu'ils sont épais, les verres de tes lunettes ! remarqua-t-elle.

— Je suis astigmate.

— Ça, c'est la poisse ! Mais tu devrais m'accompagner un jour au centre commercial et tu t'achèterais une monture plus jolie. Et des lunettes de soleil avec des verres correcteurs, aussi. Tu serais mieux.

— Je ne les porte pas pour être jolie. Sans elles, je n'y vois rien, je ne peux pas lire.

— Bien sûr, dit-elle en riant. Jusqu'à ce que quelqu'un comme Tom MacNamara tourne la tête de ton côté. Qu'est-ce qu'il est cool, ce mec... Malheureusement, il entre en terminale, il ne fera même pas attention à nous. C'est lui, le capitaine de l'équipe de foot.

— De toute façon, il ne m'intéresserait sans doute pas.

Elle s'immobilisa.

— Sans doute pas ! répéta-t-elle.

Elle se dandina à nouveau d'une jambe sur l'autre.

— Tu avais un petit ami à l'orphelinat ? demanda-t-elle.

— Non. Je n'en ai jamais eu.

Elle regarda au loin devant elle puis se remit à marcher.

— Moi non plus, avoua-t-elle. Oh, pendant quelque temps, j'ai fait semblant d'aimer Jack Martin mais c'était juste pour avoir l'air d'avoir un copain. Je ne l'ai jamais embrassé et, quand il a voulu le faire, j'ai détourné la tête, si bien que c'est tombé sur la joue, comme le baiser d'un oncle ou de quelqu'un comme ça... Tiens, c'est là qu'habite Clara Seymour, reprit-elle après une courte pause. Elle aussi entre en terminale cette année et c'est sûr qu'elle sera élue reine de sa promo, tellement elle est chic. Son père est un docteur pour le cœur, un cardio-machin.

— Cardiologue.

— Oui, je crois que c'est ça.

Elle me décocha un clin d'œil.

— Tu es drôlement forte, toi.

— J'ai l'intention de devenir médecin moi-même, plus tard.

— Médecin ! Ça coûte une fortune, à ce qu'on m'a dit.

— J'espère obtenir une bourse.

— Moi, je serais déjà contente d'obtenir mon bac. Je n'ai aucune idée de ce que je ferai ensuite. A un moment donné, je me disais que ça me plairait bien de devenir actrice mais je n'ai même pas joué dans la pièce qu'on a montée en classe l'année dernière.

— Qu'est-ce que tu aimes faire ?

— Sortir avec des amis, danser, rigoler, répondit-elle en riant, et regarder la télévision. Oh !

Elle s'arrêta et me prit le bras.

— Fais gaffe au chien de cette maison, dit-elle en désignant une petite bâtisse en bois. C'est la vieille lady Potter qui habite là et elle a pour chien de garde un méchant rottweiler. L'année dernière, il a mordu un livreur et il y a eu tout un remue-ménage avec la police, et tout, et tout.

— Je ferai attention. Merci du conseil, répondis-je en riant.

— Si tu tournes à droite au coin et que tu continues sur cent mètres, tu arrives à une petite boutique où tu trouves les journaux, les chewing-gums et tout ce qu'il faut. L'école n'est pas loin, trois kilomètres seulement. Tu prendras le car ?

— Sans doute. Karl n'aura pas envie de me conduire tous les jours, surtout s'il y a un car.

— Tu l'appelles Karl ? s'exclama-t-elle.

— Jusqu'à maintenant, oui, dis-je en détournant la tête.

— Mais Thelma, tu l'appelles maman ?

— Elle l'a voulu dès le début. Tu sais quoi ? Tu as raison.

— Quoi ?

— Tu *es* curieuse.

Elle pouffa.

— Viens. Je vais te présenter à Bernie Felder. J'ai l'impression que vous vous entendrez bien tous les deux. C'est un génie, lui aussi.

— Je ne suis pas un génie, protestai-je.

— C'est tout comme.

Elle accéléra le pas et m'emmena vers une belle maison de style ranch avec une façade en brique. Elle avait certainement coûté beaucoup plus cher que celle de Karl. Le jardin était plus vaste et plus sophistiqué que le nôtre et le bâtiment deux fois plus grand.

— Qu'est-ce que font les parents de Bernie ? demandai-je.

— Son père possède un grand magasin de pneus pour camions. Bernie est enfant unique, comme toi.

— Et toi ?

— J'ai un petit frère que je m'efforce d'ignorer. Mes parents l'ont prénommé William mais ils l'appellent toujours la Terreur.

— La Terreur ?

— Quand tu feras sa connaissance, tu comprendras. Il a l'air d'une terreur et il casse tout... Viens, ajouta-t-elle en s'approchant de la porte d'entrée.

— On aurait peut-être d'abord dû téléphoner.

Elle avait déjà appuyé sur le bouton de la sonnette.

— Je préfère quand on ne m'attend pas. C'est plus marrant.

Une domestique ouvrit et Helga demanda à voir

Bernie. Quelques minutes plus tard, un garçon d'à peu près ma taille apparut. Je remarquai tout de suite ses cheveux roux ébouriffés, son visage pâle, ses lèvres rouge vif et la petite fossette qui trouait son menton. Il portait un T-shirt deux fois trop grand et un jean ; il était pieds nus dans ses mocassins.

— Salut, Bernie, dit Helga.

— Qu'est-ce que tu veux ? demanda-t-il avec un sourire qui tenait plutôt de la grimace.

— En voilà une façon aimable de dire bonjour ! remarqua-t-elle.

— J'étais occupé, dit-il pour s'excuser.

— Tu fabriquais une bombe, hein ? Ma mère croit que Bernie passe son temps à fabriquer des bombes, m'expliqua-t-elle.

Bernie daigna enfin me regarder. Son visage s'éclaira.

— Qui est-ce ?

— Notre nouvelle voisine, Bernie. Si tu ne m'avais pas tout de suite agressée, j'aurais pu te la présenter comme il faut.

— Pardon, fit-il. Bonjour.

— Bonjour. Excuse-nous de t'avoir dérangé, mais...

— Ce n'est pas grave, protesta-t-il avec gêne.

— Evidemment que ce n'est pas grave, intervint Helga. Que pourrait donc faire Bernie de si important qu'on ne puisse interrompre ?

— Quoi que ce soit, pour lui, c'est important, ripostai-je.

Helga ricana mais l'expression de Bernie s'adoucit.

— Tu viens d'arriver ? demanda-t-il.

— Si tu ne gardais pas le nez plongé dans une

éprouvette du matin au soir, tu le saurais déjà, dit Helga. Elle s'appelle Crystal et c'est la fille adoptive des Morris.

— Oh ? fit-il en me dévisageant avec plus d'intérêt.

— C'est une orpheline.

Elle recula d'un pas pour mieux me regarder. Tous deux m'examinèrent en silence.

— Orpheline, pas martienne, précisai-je, ce qui fit sourire Bernie.

— Elle lit beaucoup et elle est très intelligente, poursuivit Helga. Peut-être encore plus intelligente que toi, Bernie. C'est pourquoi je voulais que vous fassiez connaissance.

— Vraiment ? dit-il, avec un intérêt accru.

— C'est elle qui en a eu l'idée. Je regrette que nous t'ayons dérangé, expliquai-je en m'apprêtant à repartir.

— Hé, pas de problème ! Entrez.

— Bernie nous invite à entrer ! s'exclama Helga. Tu vas nous montrer ton laboratoire, Bernie ?

— Je n'ai pas de laboratoire, répliqua-t-il sèchement. Helga et ses amies racontent toujours des tas d'histoires à mon sujet.

— Non, ce n'est pas vrai, Bernie, dit-elle. De toute façon, si c'était vrai, tu devrais être flatté qu'on s'intéresse à toi.

— Tu parles d'un honneur ! grommela-t-il.

Il recula et, d'un grand geste du bras, Helga me fit signe de la suivre.

Il était visible que les parents de Bernie avaient beaucoup d'argent. Les murs étaient couverts de tableaux. Les pièces étaient vastes et remplies de meubles luxueux. Dans le couloir qui menait à sa chambre, une vitrine exposait des figurines. Marcher sur ces tapis moelleux donnait l'impression de fouler de la ouate.

La chambre de Bernie était deux fois — ou plutôt trois fois — plus grande que la mienne. Il avait un immense bureau, un ordinateur et toutes sortes de matériel informatique. Je repérai un scanner et deux imprimantes. Il possédait même son propre fax. L'un des murs était couvert de graphiques, de schémas et de cartes montrant l'anatomie du corps humain, le firmament avec ses planètes et ses galaxies, une chronologie de l'évolution, l'énumération de tous les présidents et vice-présidents des États-Unis avec la liste des principaux événements qui avaient eu lieu durant leur mandat.

Un autre mur était tapissé de rayonnages contenant un microscope, des plaques, des coupelles, des éprouvettes et même un bec Bunsen. Je vis aussi du matériel de chimie et des livres en quantité. Que lui manquait-il ? Je me posai la question.

— Tu vois ? dit Helga. Il a bien un laboratoire dans sa chambre.

— Ce n'est pas un laboratoire. C'est juste deux ou trois choses auxquelles je m'intéresse, protesta-t-il. J'ai envie d'étudier la génétique, plus tard.

— Je ne sais même pas ce que ça veut dire, dit Helga.

Les sourcils froncés, il secoua la tête.

— Tu sais ce que c'est ? me demanda-t-il en me montrant ce qui ressemblait à un jeu de construction pour enfants.

— Oui. C'est une spirale d'ADN.

— Exact ! s'écria-t-il avec un enthousiasme non feint.

— Qu'est-ce que c'est que l'ADN ? demanda Helga.

— Ça concerne la génétique, répondit brièvement Bernie. Tu veux regarder de plus près ? C'est moi qui l'ai fabriquée.

Je m'approchai pour examiner le petit assemblage.

— Tu n'as pas de lecteur de CD ou quelque chose du même genre ? demanda Helga.

— Non, fit-il sans même la regarder.

— Alors, comment tu fais pour écouter de la musique ? s'inquiéta-t-elle.

— Quand j'ai envie d'écouter de la musique, je me sers de mon ordinateur, expliqua-t-il en lui tournant le dos.

— On se croirait à l'école, gémit-elle. Pas de photos d'acteurs ou de chanteurs de rock, rien que... ces trucs pour apprendre.

— Bravo ! dis-je en désignant la maquette d'ADN.

Il rayonna de fierté.

— Viens, Crystal, dit Helga. Il faut que je te montre le reste du quartier. Peut-être que Fern Peabody sera chez elle. Elle sort avec Gary Lakewood et elle a toujours des choses amusantes à raconter.

— J'ai des choses intéressantes à observer au microscope, dit Bernie sans lui prêter attention. Des lames que j'ai reçues hier. Elles viennent d'embryons humains.

— Vraiment ? m'écriai-je.

— Beurk ! fit Helga. Ça sent mauvais ?

— Bien sûr que non, répliqua sèchement Bernie. Tu devrais mieux écouter pendant le cours de sciences.

— Ça me rase. Bon, je m'en vais.

La main sur son microscope, Bernie m'interrogea du regard.

— Je vais rester, dis-je.

Il aurait peut-être été plus avisé de suivre Helga et de rencontrer d'autres jeunes du voisinage mais ce que proposait Bernie m'intriguait réellement.

— Je le savais, dit Helga. Vous vous ressemblez comme deux gouttes d'eau. A plus tard, me lança-t-elle en quittant la pièce.

Il sourit de satisfaction. Puis il installa le microscope sur son bureau.

— Assieds-toi là, dit-il en me désignant le fauteuil.

Il se mit à glisser les lames, une à une, tout en me les expliquant tandis que je regardais dans le microscope. C'était tout à fait comme en classe mais je n'y voyais pas d'inconvénient. Si je n'étais pas complètement ignorante, la plupart des choses qu'il m'expliquait m'étaient nouvelles. Avoir un public l'enchantait et il ne cessait de tourner autour de moi pour mettre en place d'autres lames. Cela me passionna tant que je ne vis pas le temps passer.

— Oh, non! m'exclamai-je en remarquant l'heure qu'indiquait le réveil de Bernie. Il faut que je me dépêche de rentrer. Je n'ai pas dit à ma mère que je sortais. Je ne pensais pas rester éloignée aussi longtemps et me voilà déjà en retard de dix minutes pour le dîner.

— C'est vrai, il est tard, dit-il d'un ton déçu. Moi, je n'ai pas d'horaires précis pour les repas. Je mange quand j'ai faim.

— Et tes parents?

— En général, ils sortent ou bien ils avalent quelque chose quand ça les arrange.

— Vous ne prenez jamais vos repas ensemble ?

— De temps en temps, répondit-il en rangeant les lames.

— Merci de m'avoir montré tout ça, dis-je en me dirigeant vers la porte.

— Je t'en prie.

Il m'accompagna jusque dans l'entrée.

— On se reverra peut-être bientôt, dis-je en me retournant vers lui une dernière fois.

— D'accord. Quand tu veux.

— Merci.

Je m'éloignais déjà quand j'entendis :

— Oh...

— Oui ? fis-je en m'arrêtant.

— J'ai oublié. Comment tu t'appelles, déjà ?

— Crystal.

— Moi, c'est Bernie.

Je faillis riposter : « Je sais. Je me souviens de ton nom. Comment pourrais-je l'avoir oublié ? » Mais la porte se refermait déjà.

Je rejoignis la route en courant. En arrivant devant la maison des Morris, je remarquai que mon livre ne se trouvait plus sur l'accoudoir du fauteuil et m'inquiétai. Thelma avait dû découvrir mon absence et prendre peur. J'entrai en courant.

— Voilà, dit Karl en sortant du salon. Elle est rentrée et elle va bien.

Je passai la tête et aperçus Thelma, les yeux rouges et le visage livide. Elle triturait nerveusement le tissu de sa jupe.

— Oh, Crystal, j'étais persuadée qu'il t'était arrivé quelque chose de terrible. Quand je suis sortie t'appeler pour dîner et que je n'ai trouvé que ton livre...

— Pardonnez-moi. Une fille du voisinage est venue se présenter, nous sommes allées nous promener et cela a duré plus longtemps que je ne le pensais. Nous nous sommes arrêtés chez Bernie Felder et...

— Quand j'ai vu ce fauteuil vide et ce livre, enchaîna Thelma sans écouter mes explications, je ne pensais plus qu'à *Cœurs en détresse*. C'est l'histoire d'une petite fille qui a été kidnappée et élevée par une autre famille. Il y a une scène tout à fait identique : ils trouvent le livre de l'enfant dans l'herbe, à côté de son petit fauteuil. Elle ne retrouve ses vrais parents qu'une fois adulte.

J'écarquillai les yeux et restai muette.

— Eh bien, tu vois, Crystal n'a pas été kidnappée, dit Karl d'un ton posé. Alors ne pense plus à ces horreurs, Thelma. (Sans se départir de son calme, il se tourna vers moi et reprit d'un ton plus ferme :) La prochaine fois, je t'en prie, Crystal, dis-nous où tu vas.

— Pardon. Je ne pensais pas être aussi en retard. Bernie Felder m'a montré des lames au microscope et ça m'a passionnée. Jamais je n'ai vu autant de matériel chez quelqu'un et...

— Bon. On va dîner en retard mais tout va bien. Oublions ça, Thelma, d'accord? Inutile de perdre plus de temps sur cet incident, ajouta-t-il en consultant sa montre.

Thelma prit une profonde inspiration, s'essuya les yeux et me sourit.

— Tout va bien, oui. Je suis contente que tu sois revenue! s'écria-t-elle avec force comme si mon absence avait duré une éternité. Ce sont les mots exacts de la mère dans *Cœurs en détresse* : « Je suis contente que tu sois revenue. »

Elle m'étreignit longuement comme si elle craignait de me voir disparaître à nouveau. La scène me rendit perplexe. J'étais heureuse que quelqu'un s'intéresse autant à moi, souffre de mon absence et craigne que je ne disparaisse définitivement, et en même temps j'étais troublée. Lorsque Thelma me regardait, qui voyait-elle, en fait ?

Moi ou l'héroïne de *Cœurs en détresse* ?

4

Jeux de rôle

Durant le dîner, dès que Thelma eut commencé à m'exposer les derniers développements de ses séries télévisées, son moral remonta. Bourrelée de remords à cause de ma disparition, je feignis de m'intéresser aux intrigues et aux personnages. Cependant, la facilité avec laquelle ces gens passaient de la passion à la haine, de l'amitié et du respect à la trahison, me paraissait stupide. Que des enfants puissent mépriser autant leurs parents et les poursuivre de leur vindicte me semblait tout aussi peu crédible. Mais, pour Thelma, ces histoires étaient parole d'Évangile. Comme si quelque prophète avait en personne écrit les scénarios.

Je ne pouvais totalement la blâmer. La plupart des personnages masculins étaient beaux comme des dieux, intelligents, brillants, fortunés... bref, parfaits.

Quant aux femmes, elles avaient encore la tête sur l'oreiller qu'elles étaient déjà bien coiffées et maquillées. Se couchaient-elles ainsi ? Lorsqu'en toute innocence je lui fis part de ma perplexité, Thelma me répondit que, lorsqu'une femme possède la vraie beauté, elle a toujours l'air de sortir des mains de l'esthéticienne.

— Je n'en ai jamais rencontré qui soit belle à ce point, remarquai-je.

Le rire de Thelma laissa entendre que je n'étais encore qu'une petite fille ignorante.

— C'est pour ça que ces gens me plaisent, dit-elle. Tu vois pourquoi j'aime regarder mes séries ?

A mon avis, il n'y avait pas de mal à les regarder du moment qu'on se rappelait combien la vie est différente. Nos existences ne sont pas remplies d'événements aussi dramatiques et les êtres humains s'emballent moins pour un oui ou pour un non.

— Ce qui s'est passé ce soir entre Nevada et Johnny m'a touchée jusqu'au cœur ! s'exclama-t-elle à la fin du dîner.

Elle sourit et des larmes comblèrent les petites rides qui entouraient ses yeux. Puis elle se tourna vers Karl et lui prit la main.

Karl me jeta un coup d'œil gêné mais sans se dégager. Je me demandai quelle vie amoureuse menaient mes nouveaux parents. Sur les photos d'eux dispersées dans la maison, ils affichaient une attitude compassée. Karl se tenait droit et raide et Thelma avait l'air effrayé de quelqu'un qui redoute de commettre une gaffe.

Plus tard dans la soirée, j'eus un aperçu du romantisme de leur existence. Comme d'habitude, j'étais montée me coucher avant eux. Karl lisait une revue économique et Thelma regardait l'enregistrement d'une série qu'un rendez-vous chez le dentiste lui avait fait manquer. J'avais fini mon livre et me sentais fatiguée. Je m'excusai à nouveau d'avoir inquiété Thelma et promis de ne jamais recommencer.

— Comme c'est gentil de ta part de dire ça, chérie ! Karl et moi avons su dès le premier regard que tu étais une jeune fille responsable et que ce genre de choses arriverait rarement, et même jamais. Tout est pardonné !

Son visage avait pris une surprenante expression théâtrale, sa voix s'élevait de syllabe en syllabe et ses mains balayaient l'espace dans un grand geste dramatique. Karl abaissa son journal pour l'examiner brièvement.

Elle me tendit les bras, je m'y jetai et elle me berça longuement en déclamant :

— Il nous faut être bons les uns envers les autres, attentifs, aimants, tendres. Tu as tant souffert, ma petite chérie, et, sans toi, ma vie était si vide. L'amour que nous nous portons tient du sacré. Toujours, et pour l'éternité, réserve-nous un petit coin de ton cœur, de ta vie. Tu promets, Crystal ? Tu promets ?

— Oui, dis-je, sans trop savoir à quoi je m'engageais.

Un profond soupir lui gonfla puis lui creusa la poitrine mais elle ne relâcha pas son étreinte.

— Thelma, intervint gentiment son mari, cette enfant est fatiguée et aimerait se coucher.

— Oui, va au lit, dit-elle. Bonne nuit, chérie. Bonne nuit, bonne nuit, bonne nuit, chantonnat-elle à mon oreille avant de m'embrasser sur le sommet du crâne.

— Bonne nuit, répondis-je en quittant la pièce.

Etait-il possible qu'elle ait plus besoin de moi que moi d'elle ? Personne ne m'avait serrée dans ses bras de cette façon et, bien que les membres du personnel féminin de l'orphelinat m'aient de temps à autre embrassée, il s'agissait de petits baisers rapides et secs sur le front ou la joue. Je ne sentais rien, ni amour ni souci réel. Thelma avait des travers, bien sûr, mais avec elle j'avais l'impression d'être aimée pour moi-même, et qu'y avait-il de plus important au monde ?

Je venais de fermer les yeux lorsque j'entendis des pas légers dans le couloir. Puis une voix étrange me parvint, que je mis deux secondes à reconnaître comme étant celle de Thelma. Intriguée, je me redressai et tendis l'oreille.

— Johnny Lee ! appelait-elle. Je t'en prie, je t'en supplie, pardonne-moi. S'il te plaît, ne me hais plus.

Au début, je pensai qu'elle répétait pour s'amuser la phrase clé de sa série préférée. La réponse de Karl me fit sursauter.

— Je ne te hais pas. Jamais je ne pourrai te haïr.

— Je veux me donner à toi, déclama-t-elle d'une voix rauque. Je veux me donner à toi comme jamais je ne me suis donnée à personne, Jonnhy Lee.

— Je sais. Moi aussi, je te veux.

Il y eut un silence puis des bruits de pas. J'allai à la porte et l'entrouvris. Ils étaient dans le couloir et s'embrassaient sur la bouche. Je restais fascinée. La main de Karl s'introduisit sous le chemisier de Thelma.

— Non, protesta-t-elle en reculant.

— Pourquoi ?

— Ça ne se passe pas comme ça. Il ne se passe rien de ce genre avant qu'elle ne se mette à pleurer.

Il ôta sa main du chemisier et prit Thelma par les hanches.

— D'accord, d'accord, j'avais oublié.

— Tu gâches tout.

— J'avais oublié, je te dis.

— Recommence, ordonna-t-elle.

— Comment ? Pourquoi ?

— Il faut que tu recommences tout de zéro.

— C'est stupide, Thelma.

— Ne m'appelle pas Thelma ! s'exclama-t-elle. Tu gâches tout.

— Très bien, très bien, excuse-moi. Je recommence.

Il s'écarta d'elle. Je refermai doucement la porte de peur qu'ils ne m'aperçoivent et n'entendent les battements de mon cœur. Je tendis à nouveau l'oreille.

Karl avait dû s'éloigner. Sa voix me parvint du bout du couloir.

— Nevada ?

Je rouvris ma porte. Thelma me tournait le dos à présent. Elle pivota lentement, découvrant son visage. Un visage que je ne lui avais jamais vu. Celui d'une tragédienne en plein milieu de l'acte II, scène 3.

— Johnny Lee, dit-elle en essuyant ses joues qu'inondaient de vraies larmes. Je t'en prie, pardonne-moi. Je t'en supplie, ne me hais plus.

— Je ne te hais pas. Jamais je ne pourrai te haïr, Nevada, répéta-t-il docilement.

— Je veux me donner à toi, enchaîna-t-elle. Je

veux me donner à toi comme jamais je ne me suis donnée à personne, Johnny Lee.

— Je sais. Moi aussi, je te veux.

Il s'approcha d'elle et ils s'étreignirent mais sans s'embrasser sur la bouche. Et, cette fois-ci, les mains de Karl restèrent sur les hanches de Thelma. Elle se mit à pleurer et son corps entier fut pris de tremblements. Il la serra contre lui et lui embrassa les cheveux, les joues. Puis il lui releva la tête doucement pour atteindre ses lèvres.

Enfin, seulement, sa main se faufila sous le chemisier et s'empara d'un des seins. Elle poussa un petit gémissement.

— Est-ce que ce sera différent, ce soir, Jonnhy Lee ? Nous envolerons-nous vers la Lune ?

— Ce sera comme je te l'ai promis, dit Karl.

Il l'enlaça du bras droit. La tête inclinée sur l'épaule de Karl, Thelma se laissa entraîner vers leur chambre. La porte se referma.

La curiosité me poussa vers le mur qui séparait nos chambres. Un murmure étouffé me parvint, à la suite de quoi Thelma se mit à sangloter. Je collai l'oreille contre la cloison et fermai les yeux.

— Oh, Johnny Lee, balbutiait-elle. Touche-moi partout cette fois-ci. Fais ce que tu m'avais promis. Fais chanter mon corps.

— Je vais le faire.

Il y eut un bref silence puis j'entendis grincer les ressorts du sommier. Thelma se remit à gémir de plus en plus fort. Le mélange de halètements, de pleurs et de gémissements accrut ma curiosité. Faire l'amour était-il aussi douloureux qu'agréable ? Et Karl, pourquoi ne pleurait-il pas, lui ?

Puis, après un râle long et sonore, le silence se fit.

J'attendis encore un peu avant de regagner mon lit. C'était donc ça, l'amour physique ? Je connaissais tous les détails scientifiques. J'étais capable de décrire le travail des hormones, l'accélération de la circulation sanguine et même le déclenchement des impulsions nerveuses, mais le tumulte des émotions me parut trop compliqué. La sexualité me paraissait une chose simple, mais pas la sexualité alliée à l'amour.

Soudain, une porte s'ouvrit et des chuchotements se firent entendre. Je sortis du lit et entrouvris à nouveau ma porte.

— Bonne nuit, bonne nuit. Qu'il est doux et amer, à la fois, de partir...

Ils rirent doucement tous les deux.

Complètement habillé, Karl se tenait sur le seuil de sa chambre. Il souffla un baiser.

— J'aimerais que tu puisses rester, dit la voix de Thelma.

— Moi aussi.

— Un jour, tu resteras.

— Un jour, je resterai, promit-il en s'éloignant dans le couloir.

La porte se referma.

Le silence se prolongea deux minutes puis les pas de Karl ébranlèrent la maison comme s'il faisait exprès d'être bruyant. Il ouvrit la porte de sa chambre et je l'entendis demander :

— Tu ne dors pas, Thelma ?

— Je n'arrivais pas à dormir, répondit-elle. Alors j'ai lu un peu mais, maintenant, je suis fatiguée.

— Bien. C'est l'heure de dormir, dit-il avant de refermer la porte.

Je collai l'oreille au mur et écoutai. Il y eut des

bruits d'eau interminables dans leur salle de bains et, durant un long moment, aucun mot ne fut échangé.

— Bonne nuit, Thelma, dit enfin Karl.

— Bonne nuit, Karl.

La maison retomba dans le silence. Je regagnai mon lit mais le sommeil fut difficile à trouver. Une foule de questions tourbillonnaient dans ma tête. Qu'est-ce qui poussait les grandes personnes à se comporter comme des enfants, à jouer à des jeux, à faire semblant d'être quelqu'un d'autre ? Quelle vie amoureuse m'attendait, si seulement j'en avais une un jour ? Quelle sorte d'homme me trouverait séduisante ? A moins qu'aucun ne me trouve à son goût et que je ne doive m'inventer une passion ?

Je regrettais de ne pas avoir une sœur aînée ou une amie de cœur à qui confier sans crainte mes secrets les plus intimes. C'était ce qu'une famille offrait de plus merveilleux, selon moi. Quand on a une famille, on n'est pas obligé de garder enfermés ses inquiétudes, ses sentiments, ses frayeurs. On peut soulever le couvercle et se libérer. On peut s'entraider et se rassurer les uns les autres.

N'est-ce pas l'essentiel ?

Bien sûr, le lendemain matin, je gardai le silence sur ce que j'avais vu et entendu durant la nuit. De toute façon, la honte d'avoir épié Karl et Thelma m'en aurait empêchée. Karl avait prévu de rentrer tôt du travail afin de nous emmener acheter ce dont j'avais besoin pour la rentrée scolaire. Sa première intention avait été de signaler à Thelma où acheter ceci et où acheter cela, et de nous laisser y aller toutes les deux. Mais elle avait protesté en disant qu'il s'agissait d'une démarche familiale et qu'il devait s'y associer. Il y réfléchit et approuva.

— Pardonne-moi, dit-il. Je n'ai pas l'habitude de penser en père de famille. Bien sûr que je vais venir avec vous. Bien sûr que je veux m'associer à tout ce qui est important.

Il s'efforçait d'avoir l'air détendu et de prendre cette sortie comme un amusement mais, pour lui, faire des courses ne pouvait se traiter à la légère. Thelma avait dressé une liste de vêtements et moi une liste de fournitures scolaires. Karl les éplucha soigneusement. Il savait exactement où nous trouverions chaque chose au meilleur prix. Les couleurs, la mode, les styles venaient au dernier rang. Nos courses furent planifiées de la façon la plus efficace — jusqu'à l'endroit où nous prîmes le dîner —, tout cela en visant le meilleur rapport qualité-prix.

— Une famille, expliqua Karl tandis que nous mangions, c'est une petite entreprise où travaillent plusieurs associés. Plus les choses sont organisées d'avance, mieux ça fonctionne.

— Karl a même choisi la date de notre mariage et de notre lune de miel afin de profiter des promotions, n'est-ce pas, Karl ?

— Oui. La saison était finie et c'était le meilleur moment pour partir à bon prix.

— Mais c'était un endroit où vous aviez envie d'aller ? demandai-je.

— Du moment que c'est intéressant financièrement, c'est là que je veux aller, répliqua Karl. Les gens paient trop cher les choses qu'ils désirent parce qu'ils ont la flemme de faire les recherches nécessaires et de planifier leurs achats.

— Karl a même acheté notre concession au cimetière et nos funérailles sont déjà organisées, n'est-ce pas, Karl ? Il a fait ça tout de suite après notre mariage.

— Si vite ? demandai-je en toute innocence.

— Quand on doit organiser en quelques heures un enterrement, c'est sûr qu'on va se faire arnaquer. Il faut le prévoir de son vivant. Ne pas avoir peur d'y penser à l'avance. Crystal, ne te laisse pas impressionner par les gens qui t'accuseraient d'être trop prévoyante et organisée. On ne l'est jamais trop.

Les parents de Thelma nous avaient demandé de leur rendre visite après nos courses. Ils avaient quelque chose pour moi, avaient-ils dit. En approchant, Karl rappela à Thelma qu'il était tard et qu'il ne comptait pas rester longtemps.

Mes nouveaux grands-parents habitaient une petite maison, de style ranch, très confortable. Thelma dit que Karl la leur avait trouvée peu après que son père eut pris sa retraite.

— Elle convient parfaitement à leur budget, dit-il avec fierté. Ça aussi, c'est une chose à laquelle on ne pense jamais trop tôt : la retraite. Beaucoup de gens n'économisent pas suffisamment dans cette perspective et ensuite ils en souffrent.

— Mais pas nous, dit Thelma.

— Non, pas nous, acquiesça Karl.

Ce que mes grands-parents me destinaient était un cartable en cuir brun avec mon nom écrit en lettres dorées sur le rabat. J'en fus plus heureuse que de tout ce que j'avais reçu ce jour-là.

— Ce n'était pas nécessaire d'acheter du vrai cuir, Martha, dit Karl à ma grand-mère.

— Bien sûr que si, riposta-t-elle en me souriant.

Pourquoi cette enfant n'aurait-elle pas ce qu'il y a de mieux ?

Nous prîmes le thé, accompagné de biscuits confectionnés par ma grand-mère, que je trouvai délicieux. Puis elle parla de son enfance et de sa scolarité dans une toute petite école de campagne. Pour s'y rendre, il lui fallait parcourir à pied près de trois kilomètres.

— Même dans la neige ?

— Même dans la neige. Nous n'avions pas de car comme vous aujourd'hui.

Grand-père voulut renchérir avec ses propres anecdotes mais elle lui reprocha d'exagérer. Ils se montrèrent tous les deux très amusants et gais. Je commençais vraiment à me plaire dans cette maison losrque Karl annonça qu'il était temps de rentrer.

— Demain, c'est son premier jour dans sa nouvelle école, déclara-t-il comme grand-mère remarquait que nous n'étions même pas restés une heure. Il faut qu'elle se couche tôt.

— Bon, d'accord. Crystal, tu m'appelles demain, dès que tu peux, et tu me racontes tout sur cette première journée, dit grand-mère.

— Promis. Et merci encore pour le cartable. Il est magnifique !

Elle me serra dans ses bras.

— Cela nous fait plaisir. A part mes médicaments et mes médecins, nous n'avons guère l'occasion de dépenser notre argent maintenant.

— Vous avez la meilleure assurance qui soit, dit Karl.

— Oh, ne parlons pas de ça, s'empressa de dire grand-mère. Maintenant que nous avons une petite-fille, je ne veux plus entendre parler de mes soucis de santé.

Nous nous dîmes au revoir et partîmes.

— S'ils n'avaient pas souscrit l'assurance que je leur ai trouvée, murmura Karl comme nous montions dans la voiture, les médicaments qu'elle doit prendre pour son cœur les auraient ruinés. Ce sont des ordonnances hors de prix.

— Elle le sait bien, dit Thelma. Mais, en ce moment, elle ne pense qu'à Crystal. Comme nous tous, ajouta-t-elle. Je regrette de ne pouvoir t'accompagner en classe demain et m'asseoir à côté de toi. Je regrette de ne pouvoir tout recommencer de zéro.

— Ce n'est pas facile de changer d'école, dit Karl. Il n'y a pas de quoi envier Crystal.

— Je sais. As-tu lu *Les Roues de l'amour* ? C'est l'histoire d'une famille qui vit dans une caravane et qui se déplace d'un endroit à un autre, d'un village à un autre, selon les travaux des champs.

— Non, répondis-je.

— Eh bien, au moment où Stacy trouve l'amour de sa vie, elle doit le quitter pour aller travailler ailleurs. Je te le prêterai, promit Thelma. En fait, tu devrais lire tous mes livres. Ensuite, on pourrait en discuter et causer de tous les gens que j'aime. Ça serait pas gentil, ça ?

Prise au dépourvu, je ne répondis pas assez vite. Karl vint à mon secours.

— Elle va avoir trop à faire avec la rentrée scolaire.

— Il faut bien qu'elle ait des loisirs, non ? Est-ce que la meilleure façon de les occuper n'est pas de lire ? répliqua Thelma.

Comme c'était bizarre! J'aurais des devoirs à l'école et des devoirs à la maison. Je devinais sans peine lesquels ma mère jugeait les plus importants.

Une fois chez nous, après que j'eus rangé mes nouvelles affaires, je compris que Karl avait raison. J'avais vraiment besoin de me coucher. La perspective du lendemain me rendait si nerveuse que le sommeil fut aussi difficile à saisir et à retenir qu'un glaçon. Il avait raison sur un autre point. Ce n'était pas facile de changer d'école, de se faire de nouveaux amis, de s'habituer à d'autres professeurs et à un autre règlement.

C'était presque comme perdre la mémoire et recommencer dans la peau de quelqu'un d'autre.

Et n'était-ce pas exactement ce que j'étais, quelqu'un d'autre avec un nouveau patronyme et une nouvelle famille?

La Crystal des jours anciens se recroquevillait dans un coin obscur, tremblante, toute nue et seule.

— Que vais-je devenir? demanda-t-elle.

— Tu vas finir par disparaître, lui répondis-je.

Pensée cruelle mais c'était bien ce que j'avais désiré, non?

Mais c'était aussi ce qui m'effrayait.

5

Un nouvel ami

A ma grande surprise, Karl annonça qu'il m'emmènerait en classe tous les matins mais que je reviendrais par le car. Le détour ne lui prendrait que quelques minutes. En fait, ce fut Thelma qui suggéra cette solution.

— Cela vous donnera plus de temps pour faire connaissance.

Je m'attendais qu'elle cite le titre d'un livre et les noms de personnages qui s'étaient trouvés dans la même situation, mais rien ne vint. Karl réfléchit à cette idée et estima qu'elle avait raison.

Karl et moi avions passé peu de temps en tête à tête. Et, si Thelma était présente, c'était toujours elle qui menait la conversation. Ce premier matin, me rappelant que Karl n'aimait pas qu'on le distraie pendant qu'il conduisait, je jugeai préférable de me taire. Le silence se prolongea, interrompu seulement de temps en temps par une remarque de Karl sur la circulation.

— Quelle est ta matière préférée? finit-il par demander.

— Les sciences, surtout la biologie.

Il hocha la tête sans quitter des yeux la voiture qui nous précédait.

— Moi aussi, j'aimais les sciences mais je préférais les maths. Je ne l'ai jamais dit à personne, enchaîna-t-il en me jetant un bref sourire avant de se concentrer à nouveau sur la route, mais pour moi les chiffres sont vivants. J'y vois des petits animaux à une, deux ou mille cellules selon la combinaison.

— C'est intéressant.

Ma remarque lui plut visiblement et j'en fus contente. Ce début de conversation atténua ma nervosité et mon arrivée imminente dans une nouvelle école pleine d'inconnus cessa de m'inquiéter.

— Quand je travaille sur mes bilans, j'ai l'impression de créer quelque chose. Car, d'une façon ou d'une autre, tout est lié. Je parie que tu comprends ce que je veux dire.

— Je crois que oui, répondis-je sans en être convaincue.

Cela me valut un autre sourire.

— Lorsque nous essayions d'avoir un bébé, j'espérais qu'il ou elle deviendrait quelqu'un avec qui je pourrais parler, quelqu'un d'assez intelligent pour me comprendre. C'est pourquoi j'ai été très heureux quand Thelma a dit qu'elle t'aimait aussi... La plupart des enfants d'aujourd'hui n'ont rien dans le crâne, ajouta-t-il en fronçant les sourcils. Ils ne prennent la vie au sérieux que lorsqu'il est presque trop tard, ou carrément trop tard. Ils ont trop de distractions. Ne le dis pas à Thelma mais ça me plaît que tu n'aies pas envie de passer tout ton temps libre collée devant la grosse ampoule.

— La grosse ampoule?

— Pour moi, la télévision, c'est ça, une grosse ampoule avec un tas d'idioties qui défilent sur sa surface, marmonna-t-il. Même la façon dont ils donnent les nouvelles me déplaît. Ils en font une bande dessinée de bas étage.

La violence de sa condamnation me surprit. Il avait l'air prêt à se ruer chez les gens pour défoncer leur petit écran à coups de marteau. Pourtant, quand il rentrait chez lui, c'était très placidement qu'il s'asseyait pour lire ses journaux à côté d'une Thelma fascinée par ses séries.

— Thelma aime beaucoup la télévision, dis-je.

— Je sais. Et j'apprécie comme tu la ménages sur ce point, ajouta-t-il en me décochant un troisième sourire.

— Elle a toujours passé autant de temps à la regarder ?

Il garda le silence un instant en se concentrant sur la circulation. Un chauffard l'obligea à s'arrêter. Il inspira profondément.

— Elle ne t'a pas tout dit de nos tentatives pour avoir un bébé, avoua-t-il. Nous avons aussi essayé la fécondation in vitro. Tu sais ce que c'est ?

— Oui. Prélever l'ovule d'une femme, y insérer le sperme dans une boîte de Petri et le réimplanter dans l'utérus.

— Bravo, tu es vraiment intelligente. C'est cela. Eh bien, ça n'a pas marché. Elle a perdu le bébé et ça l'a abattue. Elle a fait une grave dépression, insista-t-il. C'est à ce moment-là qu'elle s'est mise à regarder la télévision. Il n'y avait plus que ces séries qui l'intéressaient. Je ne pouvais pas m'y opposer.

Il s'interrompit une minute puis reprit en me jetant un bref coup d'œil.

— Je n'avais pas l'intention d'en parler dès maintenant mais tu es mon grand espoir.

— Moi ? Comment cela ?

— J'espère qu'elle va s'intéresser à toi et, grâce à toi, aux choses de la vie, et finir par se dégoûter de ce monde artificiel. Quand tu as débarqué chez nous, j'ai retenu mon souffle ; j'avais très peur que tu ne te laisses captiver comme elle par ces séries débiles. Tu ne peux pas savoir comme j'ai été heureux de voir que ça ne t'intéressait pas.

— J'aime les bonnes histoires, avouai-je.

— Bien sûr. Qui ne les aime pas ? Mais ça ne doit pas remplacer la vraie vie. C'est ce qui se passe avec les gens qui n'ont rien dans le crâne. Mais tu n'es pas comme ça. Tu es une jeune fille sérieuse. Tu vas devenir quelqu'un et je veux être présent quand on te décernera ton premier diplôme.

J'en souris de plaisir. Il avait déjà l'air fier de moi, alors que je n'avais encore rien fait. En vérité, c'était la première fois qu'il me parlait comme un père.

— Moi aussi, j'espère que tu seras là, confiai-je.

Il semblait se détendre et ses mains tenaient le volant d'une façon plus souple. Nous commencions à nous connaître. Thelma avait eu une bonne idée.

— Je vais te confier un autre de mes secrets, reprit-il. Même les gens, je les vois comme des chiffres.

— Comment fais-tu ça ?

— C'est facile.

Il s'interrompit comme s'il regrettait d'en avoir tant dit mais un petit sourire apparut à nouveau sur ses lèvres.

— Il y a des gens qui sont des chiffres positifs mais beaucoup sont négatifs. Tu as déjà entendu dire de quelqu'un : « C'est un zéro fini ! » Eh bien, c'est comme ça que je classe les gens dans ma tête, sauf que ça ne s'arrête pas à zéro... Par exemple, mon supérieur immédiat est un moins dix. Au début il n'était qu'un moins cinq mais il a empiré, ajouta-t-il en riant.

— J'ai entendu dire qu'on classait parfois les femmes comme ça. Une belle femme serait un dix.

— Oui, mais c'est une façon stupide d'utiliser les chiffres, protesta-t-il avec humeur.

Apparemment, il considérait les chiffres comme son domaine et personne d'autre n'avait le droit d'en faire usage.

— On n'évalue pas quelqu'un seulement selon son aspect physique. C'est ce qu'il y a là-dedans qui compte, dit-il en se tapotant la tempe avec énergie. C'est ce qui compte vraiment, tu comprends ?

Je hochai la tête.

— Et la voilà ! s'écria-t-il en désignant quelque chose du menton.

Le bâtiment de l'école se dressait en bas de la rue. Des cars déversaient leurs passagers. Les amis se retrouvaient avec joie, s'embrassaient, bavardaient, riaient avec animation. Ils avaient tous l'aspect propre et neuf que les parents arrivent à imposer à leurs enfants le premier jour de la rentrée.

— Tu connais le numéro du car qui te ramène à la maison ? demanda Karl.

— Oui.

— Bien. Alors passe une bonne journée.

Il s'arrêta contre le trottoir et me regarda comme s'il allait m'embrasser. Je patientai un instant mais il se contenta de sourire et de hocher la tête tout en se tortillant sur son siège. Nous étions encore des étrangers condamnés à s'observer en attendant que quelque chose, un événement, l'intervention d'un tiers, fasse de nous un père et sa fille. Pourquoi était-ce plus difficile pour moi que pour tous ces jeunes garçons et filles qui riaient et criaient devant l'école ? Quels merveilleux exploits avaient-ils accomplis pour mériter leurs parents? Quel crime avais-je commis pour naître seule au monde?

— Au revoir! m'écriai-je en sautant de la voiture.

Je me retournai pour le saluer de la main mais il s'éloignait déjà, les yeux rivés sur la route.

Les premiers jours de la rentrée se déroulent toujours dans une ambiance un peu particulière. Les bureaux, les tableaux verts, les couloirs, les fenêtres, les sols sont d'une propreté presque agressive. On respire des odeurs de détergents, d'encaustique et de peinture fraîche. Les voix, les pas et les sonneries éveillent des échos qui semblent plus longs et plus sonores que ceux de l'année précédente. Il y a de l'électricité dans l'air et un certain mystère. Que va-t-on exiger de nous? Comment allons-nous nous entendre avec nos nouveaux professeurs? Avec nos voisins? Ceux qui étaient là l'an passé s'épient les uns les autres pour découvrir les changements qu'un été d'amusement ou de travail — ou les deux — a apportés à leur corps, à leur visage et, surtout, à leur personnalité.

Les garçons comme les filles explorent de nouveaux styles de coiffure et de vêtements. Jupe plus courte ou plus longue; pantalon étroit ou très large. Crâne rasé; boucles hirsutes. Les timides restent à l'écart tandis que les plus assurés se pavanent, tête haute, et tentent de reconquérir leur terrain tout en guettant de l'œil un rival éventuel.

Quant aux nouveaux, ils forment une espèce à la fois intéressante et menaçante. Je le savais et ne m'étonnais pas des regards soupçonneux posés sur moi. Celle qui espérait tenir le rôle principal de la pièce que montait l'école chaque année se demandait si j'allais essayer de la supplanter. Les bons élèves, avides de prix et d'honneurs, s'inquiétaient de mon niveau. Les filles habituées à régner sur une petite cour craignaient que je ne sois plus branchée en matière de mode ou de disques et que je ne les détrône. Quant aux exclus de ces groupes, filles et garçons, ils espéraient que je les rejoigne et devienne leur bouée dans cet océan agité que les adultes appellent l'adolescence.

Et j'étais là. Parmi eux, vivant comme eux dans une famille. Personne ne pouvait me coller sur le front l'étiquette d'orpheline comme la marque de Caïn et provoquer curiosité et dédain de la part de ceux qui étaient censés devenir mes amis. Du moins, je l'espérais.

Dès que j'aperçus Helga riant et bavardant avec un groupe de filles, un noir pressentiment s'empara de mon cœur. Elle me vit, donna un coup de coude à sa voisine et toutes me dévisagèrent en silence.

— Salut, dit-elle en agitant la main.

— Salut.

— Comme tu n'as pas pris le car ce matin, je me demandais si tu habitais toujours chez Karl et Thelma.

— Pourquoi je n'y habiterais plus?

Elle regarda ses amies, revint à moi et haussa les épaules.

— Je me demandais, c'est tout, dit-elle en déplaçant son poids d'une jambe sur l'autre. J'ai présenté Crystal à Bernie Felder. Nous sommes allées chez lui et Crystal n'a pas voulu repartir avec moi. Combien de temps es-tu restée?

— Un petit moment.

Alors c'était ça. J'étais punie pour ne pas avoir fait

exactement ce qu'elle voulait, pour l'avoir défiée et être restée avec Bernie.

— Crystal est aussi un génie, dit-elle avec une vilaine petite grimace.

— Je suis loin d'être un génie mais, par contre, je suis polie, ripostai-je en me tournant vers les autres. Bonjour. Je m'appelle Crystal Morris.

Elles restèrent bouche bée une longue minute puis une petite brune au visage de poupée tendit la main.

— Moi, c'est Alicia.

— Et moi, Mona, dit une autre à la figure ronde.

Elle me tendit des doigts courts et grassouillets.

— Moi, je m'appelle Rachael Peterson, dit d'une voix affectée une fille aussi grande qu'Helga.

Elle ne me tendit pas la main mais examina mon cartable.

— C'est du vrai cuir ?

— Oui.

— Très chic.

— Merci. Ce sont mes grands-parents qui me l'ont donné.

— Tes grands-parents ? Comment peux-tu avoir des grands-parents ? s'écria Helga.

— Les parents de Thelma sont mes grands-parents, répondis-je sèchement. C'est comme ça que ça marche.

— Alors comment es-tu venue à l'école ce matin ? reprit Helga sans s'arrêter à mon sarcasme. Tu n'es pas venue avec Bernie, si ?

— C'est Karl qui m'a amenée en allant au bureau. Il m'emmènera tous les matins mais je rentrerai par le car.

— Tu l'appelles toujours Karl, à ce que je vois, dit Helga en jetant un regard entendu à ses amies.

— Eh bien, je n'ai pas eu votre chance. Je ne suis pas née dans une famille.

Alicia haussa les sourcils et les yeux de Mona s'emplirent de confusion.

— Je vous avais bien dit qu'elle était très intelligente, répliqua Helga.

Alicia et Mona hochèrent la tête mais Rachael se contenta de me regarder fixement.

— Eviter de dire des choses embarrassantes pour quelqu'un d'étranger à l'école ne demande pas beaucoup d'intelligence, dis-je. Et le faire montre qu'on en manque.

Je tournai les talons. La sonnerie retentit et je gagnai ma salle de classe.

Bernie s'y trouvait déjà. Il me salua d'un hochement de tête; quand il me vit un peu perdue, son regard s'adoucit mais il ne chercha pas à me rejoindre. Il alla sans hésiter s'asseoir à l'extrémité du premier rang comme si ce siège l'avait attendu tout l'été. Notre professeur principal ne paraissant pas se soucier de nous placer, je m'installai au pied de son bureau et ouvris mon cartable.

Le premier cours fut consacré à l'explication du règlement. La plupart des élèves, fréquentant l'établissement depuis plusieurs années, n'y prêtèrent guère attention. Même le professeur parut s'ennuyer et c'est avec soulagement qu'il accueillit la sonnerie.

Durant la journée, je me fis quelques amis : Réa et Zoé, des jumelles aux cheveux roux, qui m'expliquèrent que leurs parents avaient choisi délibérément des prénoms comportant le même nombre de lettres; Haley Thomas, une fille grande et forte; et Randal Wolfe, un grand garçon très maigre qui n'était autre que le champion d'échecs de l'école.

Une autre fille, Ashley, que sa timidité empêchait de prononcer un mot, restait un peu à l'écart. Les jumelles étaient habillées et coiffées de façon identique. Elles avouèrent s'amuser à leurrer les gens, y compris les professeurs, en se faisant passer l'une pour l'autre.

— Quand nous serons mariées, on fera la même chose avec nos maris, s'esclaffa Réa.

Nous nous mîmes à la même table pour déjeuner. J'eus beau chercher Bernie des yeux, je ne le vis nulle part. L'apercevant un peu plus tard dans le couloir, je lui demandai où il était passé. Que je me sois arrêtée pour lui parler parut l'embarrasser. Il jetait des coups d'œil inquiets à droite et à gauche puis il se résolut à fixer le sol.

— Je déjeune dans le laboratoire de biologie. Mr. Friedman me le permet. Je fais un peu de rangement et parfois je lui prépare le matériel nécessaire pour ses cours... Du coup, il me laisse procéder à quelques expériences, après l'école, en général, ajouta-t-il en me regardant enfin. Comment se passe ta première journée ?

— Jusqu'ici, ça va. J'aime bien le professeur d'anglais et celui de maths.

Il acquieça.

— Mr. Albert est le meilleur qu'on puisse avoir pour la géométrie. On a de la chance. Bon, il faut que j'aille à la gym. J'arrive toujours en retard au cours de gym.

Je le regardai s'éloigner puis me rendis à la bibliothèque où j'avais étude. Je ne revis Bernie qu'à la fin de la journée lorsque je montai dans le car. Helga était devant, avec Alicia. Elle me sourit.

— Bernie est dans le fond, annonça-t-elle.

— Tu n'es pas drôle, répliquai-je, ce qui ne l'empêcha pas de pouffer.

Je m'enfonçai dans le car et passai devant Ashley qui, assise toute seule, semblait me supplier de m'asseoir avec elle. Bernie leva les yeux, m'aperçut et plongea aussitôt le nez dans un manuel. Je m'assis de l'autre côté de l'allée et regardai par la fenêtre.

— Ton amie Helga a raconté des choses sur nous, entendis-je.

— Qu'est-ce que tu dis ? demandai-je en me tournant vers lui.

— Des types de la gym racontaient des choses sur nous, me dit-il. C'est la faute de ton amie Helga.

— D'abord, ce n'est pas mon amie. J'ai fait sa connaissance le jour même où je t'ai rencontré. Ensuite, je ne crois pas que je pourrais être son amie. Elle n'est pas très gentille.

Un sourire éclaira son regard.

— Je me demandais comment tu pouvais être son amie, dit-il avant de plonger à nouveau dans son livre.

Nous fîmes tout le trajet en silence. Mon arrêt était avant le sien. Je lui dis au revoir ; il hocha la tête et reprit sa lecture. Helga était déjà descendue et m'attendait sur le trottoir.

— Je ne voulais pas être désagréable, dit-elle. C'était juste pour te taquiner. J'aimerais bien qu'on soit amies.

— Pourquoi ?

— Comment, pourquoi ?

— Oui, pourquoi veux-tu être mon amie ?

— Je ne sais pas. Pourquoi veut-on être ami avec quelqu'un ?

— En général, c'est parce qu'on a quelque chose

en commun, qu'on aime les mêmes choses, qu'on veut faire les mêmes choses.

— Et alors?

— Alors quand tu penseras à quelque chose que toi et moi aimerions faire ensemble, fais-le-moi savoir, ripostai-je avant de m'éloigner.

C'était peut-être de l'intolérance, sans doute de la méfiance. Mais, en tout cas, ça m'avait fait du bien.

Le bruit de la télévision m'accueillit dès l'entrée. Je reconnus la série que regardait Thelma, une de ses préférées. Puis je me souvins de ce que m'avait dit Karl le matin même, à savoir qu'il comptait sur moi pour ramener sa femme à la vie réelle.

— Salut, fis-je en passant la tête.

Elle leva les yeux.

— Oh, Crystal, tu rentres de l'école. Il faut que tu me racontes tout. Attends une minute, il va y avoir la publicité.

— Je vais me changer d'abord.

Elle me fit oui de la tête et son regard revint avidement à l'écran. Lorsque je redescendis, la télévision était éteinte et Thelma se balançait dans son fauteuil, les yeux fixés sur la moquette.

— Maman?

Elle me regarda, l'air hagard, puis ses yeux s'éveillèrent comme si deux petites lampes s'y étaient soudain allumées.

— Oh, Crystal, je suis anéantie! Juste à la fin, Brock a annoncé à sa mère qu'il était homosexuel et moi qui, depuis le début, pensais qu'il était fou amoureux de Megan... Je veux dire, jamais je n'aurais imaginé une chose pareille... Que va dire sa mère? s'inquiéta-t-elle en secouant la tête.

— Heu... je ne sais pas.

Ne sachant que lui répondre, je décidai de lui raconter ma journée.

— Ma nouvelle école me plaît bien, dis-je.

— Comment ? Ah, oui, l'école... Comment s'est passée cette première journée ?

— Bien. La plupart de mes professeurs ont l'air sympathiques.

— Tu t'es fait des amis ? demanda-t-elle comme si c'était l'unique raison d'aller en classe.

— Quelques-uns. J'ai déjeuné avec des jumelles.

— Des jumelles ? Ça, c'est quelque chose ! Comment s'appellent-elles ?

— Réa et Zoé. Elles sont très gentilles.

— Réa ? Où est-ce que j'ai déjà entendu ce nom ? Réa ? Ah oui. *Les Enfants d'hier*. Réa était la sœur de Lindsey, celle qui avait disparu.

— Cette Réa existe pour de vrai, maman. Je peux l'appeler au téléphone et lui parler. Je peux me promener avec elle. Je peux étudier avec elle. Je peux la toucher. Elle existe vraiment.

Thelma me regarda comme si j'avais perdu la tête.

— C'est très bien, ma chérie. Oh, je ferais mieux de préparer le dîner. Veux-tu mettre le couvert ?

— Bien sûr, fis-je, frustrée.

Lorsque Karl rentra, il m'interrogea plus abondamment sur l'école. En fait, nous eûmes la conversation la plus longue que nous ayons eue, lui et moi, depuis mon arrivée. De temps à autre, nous jetions un coup d'œil à Thelma. Elle se contentait de sourire.

— C'est tellement agréable d'avoir une vraie conversation familiale à table, remarqua-t-elle enfin.

Le visage rayonnant, Karl m'adressa un clin d'œil.

J'eus l'impression de me retrouver sa complice dans un complot.

Nous sortions de table, lorsque le téléphone sonna.

— C'est pour toi, dit Karl en me tendant l'appareil.

— Oh, bravo ! fit Thelma. Elle s'est vite fait des amis.

Je n'avais aucune idée de qui cela pouvait être. J'espérais seulement que ce n'était pas Helga.

— Allô !

— J'ai reçu de nouvelles lames aujourd'hui, du tissu de cœur humain, dit Bernie sans prendre la peine de dire bonsoir. Je me suis dit que ça pourrait t'intéresser.

— Oui, ça m'intéresse.

— Tu peux venir ?

— Maintenant ?

Il ne répondit pas.

— Peut-être, dis-je. Attends.

Je posai la main sur le combiné et expliquai à mes parents de quoi il s'agissait.

— Du moment que tu ne rentres pas trop tard, dit Karl.

Thelma se contenta de sourire.

— J'arrive dès que j'ai fini d'aider à faire la vaisselle, répondis-je à Bernie.

Il raccrocha sans dire au revoir.

— Tu n'es pas obligée de m'aider, dit Thelma. Il n'y a pas grand-chose. Vas-y.

— Tu es sûre, maman ?

— Oui, oui.

Je montai chercher ma veste dans ma chambre.

Quand je redescendis, Thelma m'attendait devant la porte.

— Tu vas examiner des morceaux de cœur humain ? demanda-t-elle.

— C'est ce qu'il a dit.

Elle secoua la tête.

— C'est sûrement intéressant. Est-il beau garçon, au moins ?

— Il est normal. En fait, ce sont surtout ses lames qui m'intéressent.

Elle agita la tête comme un chiot qu'on affole de bruits confus. Puis elle sourit, lâcha un petit rire et dit :

— Ça serait pas formidable si on pouvait voir l'amour au microscope, non ? Alors on saurait avec certitude si quelqu'un est mort d'avoir trop aimé.

Elle gloussa de nouveau.

— Amuse-toi bien, ajouta-t-elle avant de regagner la cuisine.

Sa remarque me fit sourire. Ça serait formidable effectivement si on pouvait examiner les sentiments au microscope et découvrir s'ils sont sincères, pensai-je.

On pourrait savoir, alors, qui de Bernie ou de ses lames m'intéressait le plus, non ?

6

Leçon particulière

C'est Bernie qui m'ouvrit la porte. La maison était sombre et silencieuse.

— La bonne est sortie, marmonna-t-il en s'effaçant pour me laisser entrer.

— Où sont tes parents ?

Après avoir vécu toute ma vie dans des orphelinats bruyants et maintenant chez Thelma qui laissait la télévision brailler du matin au soir comme d'autres laissent la lumière allumée, entrer dans une maison aussi silencieuse me fit une drôle d'impression.

— Dehors, dit-il. A une réunion, un dîner ou un truc du même genre. Ils laissent toujours leurs coordonnées à la cuisine mais je n'ai pas regardé. Viens.

Il m'emmena dans sa chambre. Le microscope et les nouvelles lames étaient déjà préparés sur le bureau. A côté, se trouvait une reproduction en plastique du cœur humain.

— Ces cellules viennent du muscle cardiaque, dit-il en se penchant sur le microscope.

Je m'approchai et attendis. Il se déplaça sur le côté.

— Vas-y, regarde, dit-il.

Je m'assis et plaçai mon œil contre l'oculaire. Après l'avoir réglé à ma vue, je fus surprise de la netteté des détails qui m'apparurent.

— On m'a envoyé ça en même temps, expliqua-t-il en se mettant à lire une feuille imprimée :

« Nous avons étudié des prélèvements de cœur, effectués après autopsie, de patients souffrant de cardiomyopathies idiopathiques et d'autres atteints de cardiomyopathies ischémiques et nous les avons comparés à des prélèvements de cœurs sains. Dans ceux-ci, les cellules endothéliales se sont rarement montrées positives au PAL-E. Dans le cœur de patients souffrant de cardiomyopathies ischémiques comme chez ceux atteints de cardiomyopathies idiopathiques, les marqueurs ont réagi positivement.

« Conclusion : Comme le montre le PAL-E, l'expression antigène endothéliale se produit aussi bien dans les cœurs ischémiques que dans ceux souffrant d'idiopathies, contrairement aux cœurs témoins. Ainsi, les cardiopathies chroniques aboutissent aux mêmes modifications antigéniques, quelles que soient les causes du mal. »

Il reposa le papier comme s'il ne mettait pas en doute que j'aie tout compris. Je secouai la tête.

— Où as-tu eu ça?

— Un ami de mon père travaille dans un laboratoire de recherche cardio-vasculaire, dans le Minnesota. Il me l'a envoyé. Mon père raconte à tout le monde que je suis un génie en sciences et tout le monde m'envoie des trucs... C'est de la recherche très pointue, ajouta-t-il en regardant la feuille.

— Montre-moi.

Il me tendit le texte et je le relus lentement.

— Je n'y comprends rien, avouai-je. Pour moi c'est du chinois. Je veux dire, je connais la signification de certains mots mais mis tous ensemble... J'imagine qu'ils ont trouvé un moyen de diagnostiquer un problème cardiaque.

— Exact.

Il parut soulagé que je n'en sache pas plus que lui. Je me penchai à nouveau sur le microscope.

— C'est passionnant de se dire que c'est un petit bout de cœur humain, dis-je.

— Je ne te les ai pas montrées, mais j'ai des cellules de toutes sortes d'organes humains, déclara-t-il d'une voix émue.

Il alla ouvrir le tiroir d'un petit secrétaire et se mit à lire les étiquettes :

— Foie, rein, poumon, ovaire, prostate et même cerveau.

J'eus l'impression de m'être rendue dans un magasin de cellules humaines et que le vendeur m'énumérait le contenu de son stock. Un sourire m'échappa.

— Qu'est-ce qu'il y a de drôle? s'écria-t-il.

— Rien, lançai-je, consciente de l'avoir vexé. Mais c'est inhabituel que quelqu'un ait tout ça dans sa chambre.

Il referma le tiroir.

— Je pensais que ça t'intéresserait, et même que ça te plairait, dit-il.

— Ça m'intéresse, Bernie! Ça m'intéresse beaucoup!

Il me jeta un regard soupçonneux.

— C'est vrai. Excuse-moi.

Après une seconde d'hésitation, il ouvrit un autre tiroir.

— Tu veux voir autre chose?

— Je voudrais voir une cellule de cerveau.

Il sortit une lame et l'installa sous le microscope puis il recula et me laissa regarder.

— Tu sais qu'il y en a des milliards dans ton cerveau ? dit-il tandis que j'étudiais la cellule. Le cerveau contrôle toutes les fonctions vitales de notre corps, et aussi nos émotions comme la haine, la colère et l'amour.

Cette fois-ci, je ne pus m'empêcher de rire.

— Qu'est-ce qu'il y a ?

— Thelma, ma mère adoptive, m'a demandé si on pouvait voir l'amour dans une cellule du cœur, expliquai-je en relevant la tête.

— C'est une vieille croyance médiévale que de situer la source de l'amour dans le cœur. Je te l'ai dit. Tout vient du cerveau. Et il est impossible de voir les sentiments.

— Je sais. C'était une idée idiote.

— Exactement. C'est idiot... Est-ce que tu sais ce que tu veux faire plus tard ? demanda-t-il en commençant à ranger.

— Peut-être médecine. Mais j'aime écrire aussi. A moins que je ne sois professeur... Pas toi ? Tu n'as pas envie d'être professeur ? ajoutai-je devant sa grimace.

— Sûrement pas, fit-il en me tournant le dos. Je ne pourrais pas supporter les filles gloussantes, leurs plaisanteries idiotes et tous leurs petits problèmes typiquement féminins.

— Mais c'est important qu'il y ait de bons professeurs.

— Ce n'est pas ce que je veux faire, insista-t-il. Ce qui m'attire, c'est la recherche. Je ne veux pas avoir affaire aux gens. Ils sont trop bêtes.

— Mais pourquoi faire de la recherche si tu n'aimes pas les gens ? C'est pour leur rendre service, en fin de compte.

— Je les aime bien. Mais je ne veux pas qu'on me dérange... qu'on m'embête.

— Il n'y a pas que des gens embêtants, protestai-je.

Il me fixa un instant.

— Tu aimes bien discuter, hein ?

— Non, mais une petite discussion de temps en temps, ça ne m'ennuie pas.

Il finit par sourire et ses yeux verts s'éclairèrent.

— Tu as faim ?

— Je sortais de table quand tu as appelé. Tu n'as pas dîné ?

— Non. J'étais trop passionné par mes nouvelles lames et j'ai oublié. La bonne m'a laissé quelque chose à réchauffer. Tu veux me regarder manger ?

— Est-ce que ça va être aussi intéressant que de regarder les lames ?

Il rit de bon cœur.

— Tu es la première fille avec qui j'aime bien parler.

— J'imagine que je dois te remercier.

— Viens.

Je le suivis dans la cuisine. Elle était trois fois plus grande que la nôtre et aussi bien équipée qu'une station spatiale.

— Qu'est-ce que c'est que ça? demandai-je en désignant un instrument posé sur le comptoir.

— Ça? Un percolateur. Ma mère aime bien prendre un café après le dîner. Quand elle dîne à la maison, ajouta-t-il.

Il ouvrit l'immense réfrigérateur et en sortit une assiette recouverte d'un film transparent.

— Des lasagnes, fit-il. Je n'ai qu'à les passer au micro-ondes pendant deux minutes.

Je le regardai faire.

— Tu veux boire quelque chose? Citronnade, thé glacé, coca, lait, bière?

— De la bière!

— Tu n'en as jamais bu? demanda-t-il d'un ton sceptique.

— Non. Je prendrai la même chose que toi.

Il servit deux verres de thé glacé. Un couvert l'attendait sur la table de la salle à manger. C'était une grande table ovale en chêne avec de solides pieds, autour de laquelle étaient disposées douze chaises. Suspendu à une chaîne dorée, un gros lustre dominait le tout. Derrière nous, le mur n'était qu'un grand miroir. Au fond, se dressait un vaisselier rempli d'assiettes décorées et de verres fins, sûrement hors de prix.

Bernie rapporta son assiette de la cuisine et s'assit.

— Notre bonne est une excellente cuisinière. Sans elle, je mourrais de faim.

— Ta mère ne fait pas la cuisine?

— Ma mère? Elle ne pourrait pas faire bouillir de l'eau sans la faire brûler.

— On ne peut pas brûler l'eau.

— C'était une plaisanterie. Du moins, ça voulait en être une.

— Tu dînes souvent tout seul comme ça? demandai-je.

Il s'arrêta de manger et réfléchit une demi-seconde.

— En moyenne, quatre fois par semaine.

— Quatre fois!

— J'ai dit en moyenne. Il y a des semaines où c'est plus, précisa-t-il.

— Je t'assure, tu devrais être professeur. Tu recherches la précision et je parie que ça t'amuse de corriger les gens.

Il me dévisagea longuement puis sourit.

— Tu veux faire tes exercices de maths quand j'aurai fini mes lasagnes ?

— Je les ai faits avant de dîner.

— Et moi, dans le car, riposta-t-il.

— Alors pourquoi m'as-tu proposé de les faire ?

— J'aurais pu t'aider, répondit-il en haussant les épaules.

— Peut-être que c'est moi qui t'aurais aidé.

Il rit de nouveau. Puis, redevenant sérieux, il me regarda fixement. Bernie avait une façon bien à lui de regarder les gens, comme s'il les examinait au microscope. Cela me mit mal à l'aise.

— Qu'y a-t-il ? questionnai-je.

— Je me demandais comment c'était de vivre dans un orphelinat.

— Et voilà ! soupirai-je. On y revient.

— Comment ?

— C'est ce que tout le monde veut savoir.

— Je ne suis curieux que d'un point de vue scientifique, précisa-t-il.

— Tu veux vraiment le savoir ? Je vais te le dire, c'était pénible, répliquai-je. Je n'avais pas l'impression d'être quelqu'un. J'avais l'impression d'être en suspens, d'attendre que ma vie commence pour de bon. Là-bas, s'il t'arrive quelque chose de bien, tout le monde est jaloux. Les conseillers d'éducation, les assistantes sociales, toutes les grandes personnes qui viennent pour choisir un enfant te donnent la sensation d'être...

— Sous un microscope ?

— Oui, exactement. Ce n'est pas drôle. Ajoute à cela le fait que tu as peur de te lier avec quelqu'un parce que lui, ou elle, peut être parti le mois suivant.

— Et tes vrais parents ?

— Oui ? Qu'y a-t-il ?

— Pourquoi t'ont-ils abandonnée ?

— Ma mère était célibataire, répondis-je. Et en trop mauvaise santé pour s'occuper de moi. Elle m'a abandonnée et ensuite elle est morte. Je ne sais pas qui était mon père, et je m'en fiche.

— Pourquoi ?

— Je ne sais pas, dis-je, les yeux brûlants de larmes refoulées. Alors, pour répondre à ta question, ce n'était pas agréable, achevai-je d'un ton plus sec que je ne l'aurais voulu.

Bernie ne cilla pas. Il se contenta de hocher la tête.

— Je comprends, fit-il.

— Vraiment ? Je ne vois pas comment tu pourrais comprendre, à moins d'être orphelin toi-même.

Il regarda autour de lui avant de revenir à moi.

— Je suis orphelin, dit-il d'un ton posé comme si c'était une évidence. Un orphelin doté de parents. Ça a toujours été comme ça. Ma mère me traite comme si j'étais un martien. Elle a eu une grossesse difficile et a dû accoucher par césarienne. Tu sais ce que c'est, non ?

— Bien sûr.

— Si bien qu'elle n'a pas eu d'autre enfant, et si elle l'avait pu, elle aurait sans doute avorté plutôt que de me porter jusqu'au bout... C'est ce qu'elle m'a lâché en pleine figure, un jour qu'elle était furieuse contre moi pour je ne sais plus quel motif, ajouta-t-il avec rancœur.

— C'est horrible, dis-je en secouant la tête.

— Mon père est très déçu que je n'aime pas le sport. Il essaie régulièrement de m'emmener à son club et de me faire travailler avec toutes ses machines, pour me muscler ou, comme il dit, pour forger mon caractère. Il pense que le caractère naît de la sueur.

Il laissa tomber sa fourchette sur son assiette ; le bruit me fit sursauter.

— Excuse-moi, dit-il. Toutes ces horreurs doivent te dégoûter.

— Non, non. Je suis surprise, c'est tout.

— Surprise ? Imagine combien moi, je suis surpris...

Il recula sa chaise de la table ; ses yeux brillaient de larmes.

— Bref, reprit-il, ils me laissent seul et m'achètent tout ce que je veux. Tu sais ce que je pense ? J'ai l'impression que ma propre mère a peur de moi. Elle entre dans ma chambre en se pinçant le nez. Elle dit que la vue de ces spécimens enfermés dans des bocaux la dégoûte et que ça sent mauvais. Est-ce que ma chambre sent mauvais ?

— Non, répondis-je franchement.

— La seule chose qui l'amuse, c'est d'aller m'acheter des vêtements à la mode. C'est quasiment les seules fois où je l'accompagne.

Je baissai les yeux. Comme c'était bizarre... ce garçon doté de parents avait l'air d'être beaucoup plus malheureux que moi qui en avais été privée. Peut-être avait-il raison ; peut-être existait-il plus d'orphelins que je ne l'imaginais.

— Tu avais un petit ami à l'orphelinat? demanda-t-il à mi-voix.

— Ça aussi, tout le monde veut le savoir. Même Thelma m'a posé cette question.

— Je me demandais simplement quel genre de garçon te plaît.

— J'aime les garçons honnêtes et intelligents et qui se soucient des sentiments d'autrui autant que des leurs.

— Et pour l'aspect physique?

— S'ils n'ont pas une verrue sur le bout du nez ou un œil au milieu du front, c'est mieux.

Ma réponse le fit rire.

— Je trouve que tu es sympa, dit-il soudain. Plus sympa que la plupart des filles qui ne sont pas orphelines. Tu dois avoir de bons gènes, conclut-il. Ta mère aussi a dû être sympa.

Je détournai les yeux.

— De quoi est-elle morte?

Comme je gardai le silence, il insista :

— Quelle était sa maladie?

— Elle était maniaco-dépressive, lâchai-je en me mettant debout. Elle est morte dans un hôpital pour malades mentaux. J'aimerais mieux que tu n'en parles à personne. Bref, comme tu vois, mes gènes ne sont pas si bons que ça. Maintenant, il faut que je rentre. Je leur ai dit que je resterai peu de temps.

— Excuse-moi. Je ne voulais pas...

— Ce n'est rien. Merci de m'avoir montré tes lames.

Je me dirigeai vers la porte. Il me suivit et me rattrapa par le bras.

— Je regrette, dit-il. Je ne voulais pas être indiscret.

— Pas de problème. Il faut que j'apprenne à assumer ça. Simplement j'ai peur... j'ai peur de devenir comme elle.

— Non, tu ne deviendras pas comme elle, assura-t-il.

— Ah bon ? Tu crois pourtant à l'hérédité et aux gènes.

— Tu as aussi ceux de ton père.

— Il était pire, affirmai-je sans vouloir entrer dans les détails.

— Eh bien, tu as des grands-parents. Beaucoup de combinaisons et d'influences ont joué pour faire de nous ce que nous sommes.

— Et quand le découvrons-nous ? demandai-je, au bord des larmes.

— Découvrons-nous quoi ?

— Qui nous sommes.

— On n'en finit pas de faire des découvertes sur ce sujet.

J'ouvris la porte.

— Hé ! s'écria-t-il en me rejoignant sur le seuil.

— Oui ?

— Merci d'être venue.

Il s'inclina et, avant que j'aie pu réagir, m'embrassa sur la joue.

— Pourquoi as-tu fait ça ?

Il haussa les épaules.

— Mes gènes, j'imagine, répondit-il en riant.

Il recula et referma la porte.

Je restai immobile un instant, la main sur la joue qu'il venait d'embrasser. Cela s'était produit si vite, trop vite. J'étais déçue.

C'était la première fois qu'un garçon m'embrassait. Tout en marchant, je tentai de comprendre l'étrange excitation qui m'avait enflammé le visage et faisait battre mon cœur. Mon corps était parcouru d'un flot de sensations qui montaient de mes jambes, me traversaient le ventre et envoyaient des décharges électriques jusque dans le bout des doigts. Etait-ce l'amour, mon premier amour?

Mes yeux étaient emplis de son regard vert. Son sourire s'ajustait au mien comme un gant. Mon cerveau, avec ses milliards de cellules, était comme un kaléidoscope d'émotions. Je le plaignais de vivre en orphelin dans cette grande et somptueuse demeure. J'aurais voulu revenir auprès de lui, le prendre dans mes bras et lui dire comment surmonter la solitude, une solitude que je connaissais si bien. Tout l'argent du monde ne la comblerait pas, hélas! Je voulais lui rendre son baiser sur la joue puis faire en sorte que nos lèvres se joignent.

Je voulais plus encore et ce désir nouveau m'effraya.

Je fermai les yeux et hâtai le pas. Lorsque je les rouvris, j'étais devant ma nouvelle maison.

Je me mis à rire.

Quelle farce! Quand j'étais partie, Thelma m'avait demandé si l'on pouvait examiner l'amour au microscope.

Eh bien, c'était peut-être ce que je venais de faire.

7

Des étoiles dans la nuit

M'endormir ce soir-là fut particulièrement difficile. Thelma me retint auprès d'elle un long moment pour me parler d'une nouvelle série dont elle venait de voir le premier épisode. Elle décrivit en détail l'intrigue, sans négliger les décors et les personnages, y compris les seconds rôles. Pendant ce temps, mon esprit vagabondait. Je l'entendais ronronner tout en suivant sur son visage ses émotions successives, cueillant un soupir par-ci, un gloussement par-là, enregistrant sourires et larmes avant d'encaisser la conclusion péremptoire.

— C'est la meilleure série du soir que j'aie jamais vue.

Je promis de la regarder avec elle à la prochaine occasion et montai dans ma chambre pour finir mes devoirs et préparer mon cartable. J'avais l'impression qu'un gros bourdon fou zigzaguait dans mon estomac. Me concentrer fut impossible et je me retrouvai, bouche bée, devant la fenêtre, les yeux fixés sur les étoiles. Le scintillement du ciel paré de bijoux m'hypnotisa. Je me rendis compte soudain que, durant mes années d'orphelinat, je ne m'étais quasiment jamais offert le luxe d'observer le ciel nocturne. Je me sentais enfermée dans un système, retenue, enchaînée par des règlements administratifs qui me donnaient l'impression d'être toute petite et solitaire, un numéro de plus dans un registre officiel, un problème parmi d'autres pour la société. Il était préférable de ne pas attirer l'attention, de se recroqueviller dans un coin, de ravaler ses larmes, de cacher son visage derrière ses livres et de tirer les rideaux sur les fenêtres. Dans ce monde, il n'y avait pas de place pour la contemplation des étoiles ni pour les rêves.

A présent, au terme d'une seule journée dans ma nouvelle école, le fait d'avoir rencontré d'autres gens qui voyaient en moi une personne à part entière me donnait la sensation puissante de renaître à la vie. Je me dépliais comme une fleur que l'on décollerait d'entre les pages du grand livre régissant la protection de l'enfance. J'étais libre de grandir, de vibrer, de pleurer et de rire. J'avais une maison. J'avais un nom. J'avais le droit de vivre et d'être entendue.

Néanmoins, je n'étais pas plus à l'aise qu'un poisson sorti de l'eau. Exprimer des émotions, avoir des opinions, me comporter avec aisance parmi d'autres jeunes de mon âge étaient choses si nouvelles que j'en éprouvais une certaine angoisse. Maintenant, moins que jamais, il ne fallait échouer. Pas question de décevoir les gens qui m'avaient accordé leur confiance. Je serais la meilleure élève possible, décidai-je. Karl serait fier de moi. J'aiderais Thelma à oublier ses malheurs et ses déceptions et je lui donnerais, ainsi qu'à moi-même, des raisons d'affronter avec énergie chaque nouvelle journée.

Et ensuite je m'autoriserais à devenir une femme. Cela m'effrayait plus que tout. Tant qu'on ne voyait en moi qu'une enfant, j'étais en sécurité, même à l'orphelinat. Je vivais sur un terrain neutre, hors de tout problème sexuel.

Le baiser de Bernie avait changé cela. Je me sentais telle la Belle au bois dormant. Bien sûr, j'avais déjà pensé à la sexualité et à l'amour mais sans me sentir concernée. Je n'étais encore qu'une observatrice, la petite fille assise à côté d'adolescentes plus sophistiquées et qui écoute en écarquillant les yeux des récits d'expériences intimes qui lui semblent s'apparenter plus à la science-fiction qu'à des faits qui pourraient un jour lui arriver.

A présent, cela pouvait m'arriver. J'effleurai sur ma joue l'endroit qu'avait embrassé Bernie ; puis je me levai et m'examinai dans la glace. Mon visage était-il devenu plus mûr ? Allait-on désormais me regarder et se dire : « Tiens, voilà une jolie jeune fille » ?

J'étendis ma chemise de nuit sur le lit et allai dans la salle de bains me brosser les dents et ôter mes vêtements. Puis je me campai nue devant la glace et examinai mon corps. Mes seins commençaient à pointer et, en pivotant, je constatai que mon corps entier avait pris des formes, comblant certains creux, s'affinant à d'autres endroits.

Mon cœur se mit à battre très fort. Comme si je réveillais d'un coup de coude une Crystal secrète qui serait restée jusque-là en hibernation. Elle levait la tête et souriait, appréciant ma curiosité. « Oui, murmurait ce moi intime, je suis là, je suis prête à t'entraîner dans un voyage plein de sentiments et d'émotions passionnantes. Sous l'effet de flux biologiques, ton corps va s'animer de chaleur et de désir auxquels ceux qui regarderont tes lèvres, tes yeux ou toucheront ta main ne resteront pas insensibles. Je ferai de toi une femme. » Le corps encore enfantin que je regardais était déjà vivant de mille promesses.

J'enfilai ma chemise de nuit et me glissai douillettement sous les couvertures. L'oreiller moelleux était comme un nuage sous ma tête. Durant des heures, je flottai au-dessus des éclairs et du tumulte de l'excitation que j'avais éveillés en moi et je me retournai maintes fois d'un côté et de l'autre avant de me blottir enfin dans une niche chaude de sommeil, épuisée.

Une porte claqua; des pas lourds ébranlèrent le couloir et la voix de Thelma emplit la maison. Elle pleurait. Je me réveillai en sursaut et tendis l'oreille. Quelqu'un, Karl ou Thelma, grimpa l'escalier en courant et entra dans leur chambre. Les sanglots de Thelma redoublèrent. Je me levai d'un bond et ouvris ma porte.

Elle avait enfilé son manteau et se tenait dans le couloir. Dès qu'elle me vit, elle essuya les larmes qui ruisselaient sur ses joues.

— Oh, Crystal, tu es debout. Je regrette que nous t'ayons réveillée mais c'est sans doute mieux comme ça.

Karl sortit de la chambre. Lui aussi portait son manteau.

— Que se passe-t-il? demandai-je.

— C'est ma mère! gémit Thelma. On vient de l'emmener aux urgences. Il faut que nous y allions. Mon père est dans un tel état qu'il risque d'avoir une crise cardiaque.

— Il faut que je m'habille?

— Non, non, dit Karl. On peut en avoir pour des heures et des heures. Rendors-toi et si, demain matin, nous ne sommes pas de retour à temps, prends le car de l'école. Ne t'inquiète pas pour nous, ça ira.

Il posa une main rassurante sur l'épaule de Thelma. Elle ouvrit les bras et m'étreignit un instant, puis tous deux se hâtèrent de partir.

— Il n'y a rien que je puisse faire? insistai-je.

— Non, non, rendors-toi, répondit Karl sans se retourner.

Le bruit de leurs pas s'estompa tandis qu'ils se dirigeaient vers le garage.

J'allai me poster devant la fenêtre de ma chambre et les regardai partir. La rue était déserte et les réverbères semaient une procession de taches d'un blanc jaunâtre sur la chaussée. La voiture tourna au carrefour et disparut.

Un silence sinistre était tombé sur la maison. Tout s'était passé si vite que j'avais l'impression d'avoir rêvé, impression qui s'accentua lorsque je regagnai mon lit et fermai les yeux. Retrouver le sommeil fut encore plus difficile; j'y parvins peu de temps avant les premières lueurs du jour. Sans la sonnerie du réveil, j'aurais dormi presque toute la matinée.

Je pris une longue douche et me préparai du porridge que je mangeai tout en tendant l'oreille vers le téléphone. En vain. Karl n'appela pas. J'aurais préféré aller à l'hôpital plutôt qu'à l'école mais cela risquait d'accroître leur inquiétude. J'achevai de me préparer et sortis attendre le car.

Helga se tenait déjà devant l'arrêt, en compagnie d'Ashley Raymond dont la mère, Véra, était quasiment la seule voisine à qui Thelma adressait la parole, sans doute à cause de leur passion commune pour les séries télévisées.

— Karl ne t'emmène pas en classe aujourd'hui? demanda Helga.

Ashley avait à peu près ma taille. Avec ses cheveux châtain clair et ses yeux bleus trop grands pour son nez et sa bouche minuscules, elle me faisait penser à un petit animal effarouché. Nous n'avions jusque-là échangé que quelques mots. Elle me regardait fixement.

— Il est arrivé quelque chose à ma grand-mère la nuit dernière, et Karl et Thelma ont dû se précipiter à l'hôpital. Ils y sont toujours.

S'il existait une once de compassion chez Helga, elle était rudement bien cachée. Avec un ricanement, elle donna un coup de coude à Ashley.

— C'est Bernie qui va être content. Il ne sera pas assis tout seul au fond du car, dit-elle.

— Qu'est-ce qu'elle a eu, ta grand-mère? demanda Ashley.

— Je ne sais pas. Ils sont partis si vite que je n'ai pas eu le temps de poser de questions.

— Je la connais. C'est une gentille dame, dit Ashley.

— Oui, c'est vrai.

— Combien de fois exactement tu l'as vue? s'écria Helga comme si je n'avais pas le droit d'émettre une opinion.

— Ça ne me prend pas longtemps pour repérer qui est gentil et qui ne l'est pas, ripostai-je en lui jetant un regard furieux.

Elle détourna les yeux avec un petit gloussement embarrassé.

Le car arriva et nous montâmes à bord. Je me faufilai jusqu'au fond, où Bernie lisait. Il ne s'aperçut de ma présence que lorsque je m'assis.

— Qu'est-ce que tu fais là? s'étonna-t-il.

Je lui racontai ce qui s'était passé et il secoua la tête avec sympathie.

— Comme c'est triste...

— J'espère qu'elle va s'en tirer, dis-je.

— Moi aussi. Ma mère est terrifiée à l'idée de

vieillir, reprit-il au bout d'un instant. Mais pas à cause de la mort. Elle a peur des rides, de la peau sèche, des cheveux gris. Rien que cette année, elle s'est fait faire deux opérations de chirurgie esthétique sur la figure... et une sur le ventre, ajouta-t-il dans un murmure. Tu as l'air fatiguée.

— Je le suis.

Des éclats de rire nous firent regarder vers l'avant où Helga et d'autres filles s'esclaffaient en nous montrant du doigt.

— Quand j'ai fait la connaissance d'Helga, je me suis dit que ce serait agréable d'avoir une amie. Je n'ai jamais eu de vraie amie. Quelle erreur j'ai failli commettre...

— Les bois sont pleins de loups, marmonna-t-il. Si tu le veux bien, je serai ton ami.

— D'accord, répondis-je en lui souriant.

Il reprit sa lecture comme si me regarder lui était devenu pénible. Je fermai les yeux et m'isolai des bavardages et des rires jusqu'à ce que le car s'arrête et que commence ma deuxième journée d'école.

Mon inquiétude était telle que j'eus du mal à me concentrer sur les cours. A l'heure du déjeuner, Bernie m'accompagna jusqu'au téléphone et attendit tandis que j'appelais chez moi. La sonnerie retentit plusieurs fois jusqu'à ce que la voix de Karl prie le correspondant de laisser ses nom et adresse, l'heure et la raison de son appel. C'était plus le message d'un répondeur de bureau que d'une maison particulière. Je laissai mon nom.

— Il n'y a personne, dis-je à Bernie.

Il réfléchit quelques secondes.

— C'est plutôt bon signe, dit-il enfin. Ça veut dire qu'on peut encore faire quelque chose pour elle.

Bien qu'il n'en eût guère envie, il accepta de déjeuner avec moi à la cafétéria. A peine installés à une petite table dans le fond, nous fûmes la cible des conversations et des regards.

— Ça me donne l'impression d'être un poisson dans un bocal, grommela-t-il.

Il se mit à manger sans quitter des yeux son livre de sciences qu'il ne lâcha qu'à de brèves occasions pour me parler de notre travail scolaire.

Je commençais à me demander si j'avais imaginé son baiser. Il n'avait pas l'air du tout de s'intéresser à moi et, lorsque nos bras se heurtaient par mégarde, cela le faisait sursauter. Les filles qui avaient des petits amis se blottissaient contre eux, ou même sur leurs genoux, et ces couples riaient, roucoulaient, s'embrassaient comme s'ils étaient seuls. Quand la sonnerie indiquant la fin de la pause retentit, ils sortirent en se tenant la main. Bernie et moi quittâmes la pièce côte à côte mais en nous cramponnant à nos livres comme s'il s'agissait de bouées de sauvetage et que nous nous trouvions sur le pont d'un navire en train de sombrer. Aux regards et aux gloussements de certaines des filles, je compris que nous étions déjà le sujet de quelques plaisanteries douteuses.

Le cours suivant était bien entamé lorsque le haut-parleur fixé au mur se mit à crachoter ; puis une voix pria le professeur de m'envoyer chez le principal. Tous les yeux se fixèrent sur moi tandis que je me levais et sortais de la pièce. La secrétaire du principal me dit de m'asseoir et d'attendre. Quelques minutes plus tard, la porte s'ouvrit et Karl apparut aux côtés de Mr. Nissen. Je n'eus pas besoin d'explication. L'expression de leurs visages en disait suffisamment.

— Je ne voulais pas venir te chercher, Crystal, mais Thelma te demande. Elle veut que tu viennes tout de suite à la maison.

— Bien sûr.

Je ne savais pas quoi dire.

— Ne t'inquiète pas pour ton travail. Je veillerai à ce qu'on le dépose chez toi, dit Mr. Nissen.

— Elle ne sera pas absente longtemps, assura Karl.

— Qu'elle prenne tout le temps qu'il faut, dit Mr. Nissen. Et présentez mes condoléances à Mrs. Morris.

Je m'aperçus que j'avais laissé mon cartable, mes livres et mes cahiers dans la salle de classe et je me hâtai d'aller les chercher. Tous les yeux se portèrent à nouveau sur moi. Le professeur s'interrompit. Je ramassai mes affaires et les rangeai rapidement dans le cartable.

— Qu'est-ce que tu fais, Crystal? demanda Mr. Saddler.

Ce n'était pas le genre de choses que je voulais clamer. Je m'approchai de lui.

— Je suis désolée, Mr. Saddler, mais il faut que je rentre à la maison. Ma grand-mère vient de mourir.

— Oh, fit-il, avec l'air hagard du promeneur qui sent son pied glisser sur une plaque de verglas. Bien sûr. Je suis désolé.

Il attendit que je sorte pour reprendre son cours. Je pris cependant le temps de jeter un coup d'œil à Bernie. Il hocha la tête avec gravité comme un médecin donnant de tristes nouvelles aux parents d'un de ses patients. Je refermai doucement la porte et me hâtai de rejoindre Karl qui attendait dans le couloir. Nous quittâmes l'école sans mot dire.

— Que s'est-il passé? demandai-je, une fois assise dans la voiture.

— Le docteur a dit que le temps qu'on l'amène à l'hôpital, son cœur ne fonctionnait plus qu'à quinze pour cent de ses capacités. Ils ont fait de leur mieux. Elle a tenu le coup plus longtemps qu'ils ne l'espéraient. Thelma dit que c'est grâce à toi.

— Grâce à moi?

— Sa mère a lutté pour te voir grandir dans notre famille. C'est ce que croit Thelma et c'est ce qui aggrave sa peine... Je regrette que tes débuts chez nous soient si douloureux.

— Comment va grand-père?

— Plutôt mal, répondit Karl avec un hochement de tête désabusé. Je ne sais pas comment il va s'en tirer tout seul. Elle avait beau être malade, la mère de Thelma s'occupait bien de lui.

— Que va-t-il lui arriver?

— Dès que je pourrai, je me mettrai en quête d'une résidence. Nous ne pouvons pas le prendre avec nous. Nous n'avons pas de chambre libre.

Si je n'étais pas venue vivre chez eux, ils auraient pu l'accueillir. Cette idée me bouleversa. Grand-père allait-il m'en vouloir? Et Thelma?

— Je pourrais partager ma chambre avec lui.

— Bien sûr que non! s'écria Karl. D'ailleurs, nous ne pouvons pas lui donner l'attention dont il va avoir besoin. Thelma est une mauvaise garde-malade. Si je m'enrhume, elle panique... Tâche de ne pas tomber malade. Ces fichues émissions lui fourrent toutes sortes d'idées dans la tête sur les maladies les plus diverses. Evoque un problème de santé quelconque et elle te cite un épisode d'*Urgences* qui y correspond. Non, ne t'inquiète pas pour grand-père. Je m'en occuperai, promit Karl. Avec son assurance et sa retraite, il a les moyens de s'offrir quelque chose de décent.

Cela ne me consola pas mais je n'ajoutai rien. Lorsque nous entrâmes dans la maison, j'aperçus la lumière que diffusait l'écran de télévision mais aucun son ne me parvint.

— Nous voilà, dit Karl en s'arrêtant sur le seuil du salon.

Thelma était assise dans son fauteuil préféré et, le visage sillonné de larmes, elle fixait l'écran silencieux. Elle leva les yeux sur moi et ses épaules se mirent à tressauter.

— Pauvre maman, dit-elle. Elle voulait tellement avoir un petit-enfant et juste quand elle a une petite-fille, la voilà qui s'en va. C'est tellement injuste. C'est comme... comme lorsqu'il y a une panne d'électricité au moment le plus palpitant de l'une de mes émissions préférées.

— Je suis désolée, dis-je, convaincue que la mort de sa mère la peinait plus qu'une panne de courant. Elle était très gentille. J'espérais la connaître mieux.

— Oh, ma pauvre chérie! Maintenant, tu n'as plus aucune grand-mère, gémit Thelma.

J'ignorais si je devais courir la serrer dans mes bras. Elle tourna la tête et revint à l'écran de télévision.

— Tu veux manger quelque chose, Thelma? demanda Karl. Elle n'a rien avalé de la journée, ajouta-t-il à mon intention.

— Je vais te préparer quelque chose, maman.

Elle sourit à travers ses larmes.

— Peut-être un peu de thé avec un toast et de la confiture. Et ensuite viens t'asseoir à côté de moi un instant.

Karl et moi allâmes à la cuisine pour lui préparer un plateau.

— Tu crois que ça va aller? me demanda-t-il avant que je ne rejoigne Thelma au salon. Il faut que je passe au bureau.

— Oui, pas de problème.

Il prévint Thelma de ses intentions mais elle ne répondit pas. Elle ne se détourna de l'écran que pour regarder le plateau que je déposais sur la table basse. Puis elle picora son toast et but son thé tout en jetant des coups d'œil inquiets sur les acteurs qui se démenaient silencieusement. Couper le son était apparemment pour elle un geste de deuil.

— L'enterrement aura lieu après-demain, dit-elle durant la publicité.

A présent, elle fixait résolument la télévision comme pour s'empêcher de tomber en morceaux.

— Karl a tout arrangé.

— Où est grand-père?

— Il est chez lui avec des amis à lui. Des gens de son âge. Il se sent mieux dans sa maison.

Elle reprit une bouchée puis une gorgée.

— Quand on perd quelqu'un qu'on aime, il vaut mieux rester dans un endroit familier, faire les choses dont on a l'habitude. Maman ne voudrait pas que je manque mon émission, ajouta-t-elle quand la publicité laissa la place à la série.

Je la regardai puis me tournai vers l'écran. Il était visible que les personnages se disputaient violemment. Quel était l'intérêt de les regarder s'invectiver sans les entendre ? Thelma hochait la tête d'un air entendu comme si elle saisissait les mots.

— Ça ne serait pas mieux de parler un peu, maman ?

— Parler ? De quoi ? Pas de ta grand-mère, protesta-t-elle avec énergie. Je ne veux pas parler de sa mort. Elle n'était pas censée mourir, déclara-t-elle comme si quelqu'un avait modifié le scénario. Elle voulait voir grandir sa petite-fille. Cela faisait longtemps que je disais à Karl que nous devrions adopter un enfant. Nous n'aurions pas dû attendre. Maintenant, regarde ce qui s'est passé. Ça ne va pas. Ça ne va pas du tout.

— On ne peut pas planifier nos vies comme une série, maman. Nous n'avons pas ce pouvoir.

Je me retins d'ajouter « encore » car je pensais qu'un jour la science percerait les mystères de la génétique et nos existences seraient en grande partie prédéterminée. Mais l'heure était mal choisie pour aborder ce sujet.

— Je ne veux pas en parler, insista-t-elle. C'est trop triste... Tiens, regarde. Tu n'es jamais rentrée à temps pour cette série. Je t'en ai déjà parlé. C'est celle où la fille a le sida. Les parents se le reprochent mutuellement. Tu vois ?

Je baissai les yeux. J'étais loin d'être experte en matière du deuil d'un être aimé. Aucune mort ne m'avait touchée profondément. Lire ce qui concernait ma vraie mère avait été comme découvrir l'histoire de quelqu'un d'autre. Son visage ne hantait pas mes pensées, sa voix ne résonnait pas dans mes souvenirs. Je ne pouvais la voir me toucher, m'embrasser, me parler. Je n'avais eu à porter le deuil d'aucun parent. Et dans les orphelinats où j'avais séjourné, je n'avais pas eu d'ami proche dont le départ ou la mort m'aurait attristée. Être seule présentait certains avantages. Je n'avais à pleurer que sur moi-même.

Helga avait raison sur un point : je n'avais pas connu ma nouvelle grand-mère assez longtemps pour souffrir réellement de sa mort. N'aurais-je pas dû pleurer ? Me blottir dans un coin, fermer les yeux et prier ? Que faire ? Qu'éprouver ? Je l'ignorais. Avais-je seulement raison de critiquer Thelma et sa façon de porter le deuil ? Peut-être était-ce une erreur que de la priver de ses distractions. Peut-être était-ce une faute que de l'obliger à affronter la réalité.

Elle acheva son toast et me sourit.

— Je suis contente que tu sois là, avec moi, dit-elle. Mais je regrette que tu manques l'école.

— Ce n'est pas grave. On va me déposer mon travail. Bernie, sans doute.

— C'est bien. Assieds-toi plus près de moi.

Je me rapprochai et elle s'empara de ma main. Puis elle reporta son attention sur l'écran silencieux. Je la regardai. Ombres et lumières se succédaient sur son visage, éclairant tantôt un sourire, tantôt une grimace de pitié ou de dégoût. De temps à autre, elle lâchait un soupir ou claquait des lèvres. J'étais stupéfaite. On aurait vraiment dit qu'elle comprenait tout ce qui se disait. Je faillis lui demander comment elle pouvait suivre l'intrigue. Lui signaler que le son était coupé. Mais je me retins. C'eût été lui rappeler qu'il ne s'agissait que d'une fiction, d'un faux-semblant.

Et Thelma avait besoin de faux-semblants. Qui étais-je, pour lui ôter ce réconfort, pour lui interdire d'y croire ?

Je lui abandonnai ma main et gardai le silence.

C'est ainsi que Karl nous trouva à son retour.

8

Audace

Après le dîner, Ashley et sa mère vinrent présenter leurs condoléances à Thelma. Ashley apportait les cours que j'avais manqués, y compris ceux auxquels avait assisté Bernie. Il les lui avait remis dans le car.

Je me sentis abandonnée car j'avais espéré qu'il les déposerait lui-même.

Lorsque j'étais déçue, mes yeux s'éteignaient comme une fenêtre dont on tire le store. Ashley le remarqua.

— Bernie est très timide, expliqua-t-elle. Je suis sans doute l'une des rares personnes à qui il lui arrive de parler et c'est seulement parce que je ne me moque jamais de lui. Il a l'air très brillant.

— Il *est* brillant, affirmai-je.

J'emmenai Ashley dans ma chambre tandis que sa mère restait avec Thelma et Karl.

— Comment c'est de vivre dans un orphelinat? demanda-t-elle dès que nous fûmes seules.

Existait-il seulement quelqu'un qui, en me regardant, ne se posait pas cette question?

— Les grandes personnes étaient méchantes avec toi? insista-t-elle.

— Ce n'est pas un orphelinat comme ceux que décrivent les romans de Dickens.

— Les romans de Dickens? Qu'est-ce que c'est?

— Charles Dickens! *Un chant de Noël*? *Un conte de deux villes*? *Temps difficiles*? Ça ne t'évoque rien?

— Oh, oui, fit-elle, mais son regard vide me persuada du contraire.

— Ce que je veux dire, c'est que ce n'est pas comme vivre dans sa famille et avoir sa propre chambre mais on ne te fait pas pelleter le charbon ni lessiver le plancher, et tu n'es pas vêtue d'oripeaux ni nourrie de gruau.

— De gruau? Beurk!

— On ne nous en fait pas manger, insistai-je. Je n'étais pas heureuse mais on ne me torturait pas.

— Helga dit que les filles des orphelinats perdent plus jeunes leur virginité.

— Quoi? De quel droit lance-t-elle des rumeurs aussi stupides? Qu'est-ce qu'elle sait de la vie dans un orphelinat?

Ashley haussa les épaules.

— C'est ce qu'elle dit, c'est tout.

— Eh bien, pour ton information et pour la sienne, c'est faux, affirmai-je. Je suis toujours vierge... mais j'ai l'impression que ce n'est pas le cas d'Helga.

Ashley éclata de rire.

— Parfois, il me semble plutôt que c'est ce qu'elle souhaite. Vu la façon dont elle traque les garçons... Elle m'a dit qu'elle laisserait Todd Philips faire tout ce qu'il veut si jamais il sortait avec elle.

— Elle a dit ça?

— Oui, oui, fit Ashley, les yeux plus grands que jamais.

— Elle risque d'être déçue.

— Pourquoi? Je croyais que c'était quelque chose de merveilleux.

— Qui t'a dit ça?

Elle haussa à nouveau les épaules.

— J'écoute ce que disent les autres, celles qui ont déjà essayé et qui se vantent dans les vestiaires. À les entendre, ça a l'air fantastique.

— Eh bien, je ne sais pas vraiment... Je n'ai jamais...

J'allais dire qu'on ne m'avait jamais embrassée sur la bouche mais je doutais qu'elle garde cela secret.

— Je ne suis pas du genre à embrasser pour me vanter ensuite, repris-je.

Nous discutâmes un bon moment des baisers vus au cinéma et de qui, parmi les acteurs, avait l'air d'embrasser le mieux et je pus constater qu'Ashley se posait autant de questions que moi sur ce qu'on devait ressentir en embrassant un garçon.

Après son départ, désireuse de penser à autre chose, je me mis au travail. Karl vint me voir avant d'aller se coucher.

— Tu ferais peut-être mieux d'assister aux cours, demain, Crystal. Il n'y a pas de raison que tu restes ici toute la journée.

— Thelma n'aura pas besoin de moi?

Il réfléchit deux secondes.

— Elle va dormir les trois quarts du temps.

— Quand même, je crois que je vais rester.

— D'accord, dit-il en souriant. Tu as sans doute raison. C'est agréable d'avoir quelqu'un d'autre dans la maison pour s'occuper d'elle.

Je crus qu'il allait s'approcher et m'embrasser mais il resta sur le seuil, hochant la tête pensivement, puis il me souhaita une bonne nuit et referma la porte.

« Cela prend du temps de devenir père et fille, pensai-je, et avec certaines personnes c'est encore plus long. »

Le lendemain matin, Thelma se leva plus tard que d'habitude. Karl lui apporta son petit déjeuner au lit et vint me demander de passer la voir d'ici quelques instants. Il me signala qu'il allait rendre visite à grand-père avant d'aller à son bureau. Je lui proposai de l'accompagner mais il refusa car cela exigerait qu'il me ramène à la maison et il craignait de s'absenter trop longtemps.

— Si tu voyais tout le travail qui m'attend, tu serais étonnée.

— On ne comprendrait pas que tu t'absentes quelques heures, au bureau ?

— Personne ne me surveille plus que moi, répliqua-t-il. C'est le secret du succès, Crystal : exige de toi plus que les autres n'en attendent. Tu es ton meilleur critique, tu comprends ?

— Oui.

Il partit et je m'installai pour lire mon manuel d'histoire en prévision du cours suivant. Une heure plus tard, Thelma apparut sur le seuil du salon. Ses cheveux étaient hirsutes, ses yeux rouges et sa peau terreuse. Elle avait l'air d'avoir pris plusieurs années en une seule nuit. Toujours en chemise de nuit, elle se traîna dans ce qui semblait être les pantoufles de Karl et se laissa tomber avec un grand soupir dans son fauteuil préféré.

— As-tu envie de quelque chose, maman ?

Elle renifla et s'essuya les yeux.

— Je n'aime pas penser à ma mère, balbutia-t-elle. Ça fait mal. Je voulais l'appeler ce matin, comme je le fais d'habitude avant *Ombres à l'aube,* et j'ai vraiment décroché le téléphone avant de me souvenir tout à coup qu'elle était partie.

— On pourrait parler, maman. Parfois, on se sent mieux quand on parle de ce qui nous tracasse.

Mes éducateurs avaient souvent utilisé cet argument lorsque j'étais à l'orphelinat. Il n'était d'ailleurs pas dénué de fondement.

Thelma me dévisagea longuement.

— Je ne peux pas, déclara-t-elle enfin. Chaque fois que je pense à elle, je me mets à pleurer. Je ne peux pas. Il vaut mieux que je n'y pense pas.

Elle agrippa la télécommande comme s'il s'agissait d'une boîte de comprimés.

Elle alluma la télévision et fit défiler les chaînes jusqu'à ce qu'elle tombe sur une émission qu'elle aimait. Cette fois-ci, elle laissa le son. Puis elle se mit à réagir à ce qu'elle voyait, souriant, riant, s'inquiétant. J'avais repris ma lecture lorsque je l'entendis grommeler :

— Je redoute d'aller à l'enterrement demain. Pourquoi sommes-nous obligés d'aller aux enterrements ?

— C'est notre dernière occasion de dire au revoir, répondis-je, bien que, n'ayant jamais assisté à un enterrement de ma vie, cette perspective m'effrayât autant qu'elle.

— Je ne veux pas dire au revoir, gémit-elle. Je déteste les adieux. Je voudrais pouvoir rester ici et regarder la télévision. Là, si ça devient trop triste, je peux zapper et passer à une autre émission.

— Mon psychologue de l'orphelinat disait qu'il est pire de tourner le dos aux problèmes, maman. Il vaut mieux les affronter et tenter de les régler.

Elle me dévisagea à nouveau longuement avant de sourire.

— Comme tu es intelligente, dit-elle. Nous

avons de la chance de t'avoir... J'ai un peu faim. Est-ce que tu peux me préparer des œufs brouillés et un toast ?

— Bien sûr, lançai-je en me levant.

— Et un peu de café, ajouta-t-elle avant de revenir à son programme télévisé.

Thelma passa là la plus grande partie de la journée et ne se leva que pour se rendre à la salle de bains. Je lui préparai son déjeuner. Elle n'ouvrit la bouche que pour commenter ce qu'elle regardait. Son moral remonta carrément lorsque commencèrent les séries de l'après-midi qu'elle aimait tant. Après cela, j'aurais pu aussi bien être à l'école. Karl appela pour demander de ses nouvelles et me dire qu'il avait trouvé quelqu'un pour veiller sur grand-père. Je lui dis à quoi s'occupait Thelma.

— C'est peut-être aussi bien comme ça, fit-il.

— Je ne sers pas à grand-chose.

Je faillis ajouter qu'il avait raison et que j'aurais mieux fait d'aller en classe.

— Tu es là, c'est l'essentiel. Sinon, elle n'aurait sans doute rien mangé.

Il avait raison aussi sur ce point mais j'avais l'impression d'être plus une domestique qu'une fille. J'aurais voulu qu'on parle, que Thelma me raconte des anecdotes sur sa mère, qu'elle me dise ce que ç'avait été d'être sa fille, qu'elle me fasse partager quelques-uns de leurs bons moments. Afin de me sentir membre de cette famille et non de retour à l'orphelinat au milieu d'inconnus.

Lorsque les aventures d'un des héros firent fondre en larmes Thelma, je me levai et regagnai ma chambre. Comment pouvait-elle s'intéresser autant à des personnages de fiction ? Etait-ce parce que c'était moins dangereux ? L'émission achevée, on n'avait plus à se tracasser pour eux. C'était ça ? Pourtant Thelma semblait penser constamment à eux, même après la fin de l'épisode. Je n'y comprenais rien.

Un peu plus tard, la sonnerie de l'entrée retentit. C'était de nouveau Ashley et sa mère. Mais, cette fois-ci, Bernie les accompagnait.

— Salut, fis-je avec un grand sourire à l'adresse du jeune garçon.

— Comment va-t-elle ? demanda Mrs. Raymond.

— Elle a regardé la télévision, en essayant de ne pas penser à sa mère.

— Elle a bien raison, dit Mrs. Raymond.

— Nous t'avons apporté ton travail, dit Ashley, et Bernie est venu pour t'expliquer la nouvelle leçon de maths.

— Merci.

Je reculai et ils entrèrent. Mrs. Raymond alla rejoindre Thelma et j'emmenai Ashley et Bernie dans ma chambre. Bernie ouvrit le manuel de mathématiques et se mit à m'expliquer la leçon. J'écoutais et hochais la tête chaque fois qu'il demandait si j'avais bien compris.

Assise sur mon lit, Ashley nous regardait travailler. Ses explications achevées, Bernie s'installa devant l'ordinateur.

— C'est quand, l'enterrement ? demanda-t-il.

— Demain matin. Il n'y aura pas foule. Le père de Karl ne peut pas voyager et son frère d'Albany ne doit pas s'absenter. Son dernier frère est en mer. Aucun des cousins de Thelma ne viendra. Il y aura juste quelques-uns des amis de mes grands-parents.

— Ma mère ira, dit Ashley. Mais elle ne veut pas que je vienne. Elle dit que je dois aller en classe.

— Elle a raison, dit Bernie. L'école est plus importante. Les enterrements ne sont pas vraiment nécessaires.

— Pas nécessaires ? Comment peux-tu dire une chose pareille ? s'exclama Ashley.

— Quand quelqu'un est mort, c'est fini. Il est inutile de perdre du temps avec ça.

— Mais c'est horrible, ce que tu dis ! protesta Ashley. On doit manifester son respect.

— A qui ? La personne n'est plus là. Autant dire adieu à une photo. J'ai détesté aller à l'enterrement de mon grand-père. Après, il y a eu une grande réception avec plein de gens qui ne le connaissaient pas vraiment. Ce n'était qu'un prétexte pour faire la fête.

— Nous n'avons rien organisé pour après, dis-je.

— Tant mieux, fit Bernie.

— Tu es cruel, Bernie Felder, gronda Ashley.

— Réaliste, seulement. Quand on meurt, l'énergie quitte le corps pour s'introduire dans quelque chose d'autre. C'est tout.

— C'est quoi, cette autre chose ? demanda Ashley dont les sourcils étaient remontés jusqu'au milieu du front.

— Je ne sais pas. Peut-être... une plante ou un insecte.

— Un insecte ! Crystal, tu ne crois pas ça, toi ?

— Je ne sais pas ce que je crois, répondis-je. Parfois j'imagine que ma vraie mère est avec moi, en esprit, du moins, et ensuite je me dis que c'est idiot.

— Ce n'est pas idiot, c'est magnifique ! s'écria

Ashley. Je ne deviendrai pas un insecte, Bernie Felder. Toi, peut-être.

— Peut-être, fit-il avec désinvolture.

— Tu t'en fiches ?

— Pourquoi est-ce que ça m'embêterait ? Je ne connaîtrais rien d'autre.

Ashley poussa un gémissement.

— Vraiment ! Les scientifiques sont rasoir. Je déteste les sciences, et surtout les expériences avec tous ces produits chimiques qui puent et ces bêtes mortes. Ça me donne la nausée.

— En tout cas, je connais une expérience qui te plairait. Que dirais-tu d'essayer de découvrir quelle sorte de baisers nous préférons ? demandai-je.

— Crystal ! cria-t-elle en jetant un coup d'œil hagard à Bernie.

— Quel genre d'expérience ? demanda-t-il avec un intérêt non déguisé.

J'inventai une expérience qui tenait du concours — chercher quel est le meilleur baiser. Il écouta et hocha gravement la tête. Ashley piqua un fard lorsque je lui demandai si elle voulait en être.

— Intéressant, dit Bernie. Je ne vois pas en quoi c'est scientifique...

Il réfléchit un instant puis se tourna vers moi.

— Mais je suis d'accord pour participer.

— Bien, dis-je.

— Quoi ? s'écria Ashley. Crystal, je croyais que tu plaisantais.

— Ne fais pas ta nunuche, Ashley, dit Bernie. Ce n'est pas comme si on faisait quelque chose de grave... c'est juste s'embrasser.

— Mais je ne veux pas qu'on me juge par rapport à Crystal... je n'ai jamais embrassé de garçon, moi ! gémit-elle en me suppliant du regard.

J'aurais voulu rassurer Ashley en lui disant que moi non plus mais la crainte de révéler mon inexpérience en présence de Bernie me fit taire ce détail.

— Il faut que tu gardes le secret. Imagine ce que ferait Helga si elle l'apprenait.

— Tu ne vas pas tomber enceinte pour si peu, promit Bernie. Rien de grave ne se produira. Tu vas simplement en découvrir un peu plus sur toi-même et cela t'aidera à devenir plus raisonnable et plus forte. Ce qui est l'objectif de toute expérience.

— Il a raison, approuvai-je. Tu es d'accord ?

— Peut-être, fit-elle. Je vais voir, ajouta-t-elle prudemment, mais il était visible qu'elle éprouvait la même curiosité que nous.

Bernie se proposa pour établir ce qu'il appelait la procédure de l'expérience. Il déclara que nous serions plus en sécurité si nous nous retrouvions chez lui. A contrecœur, Ashley accepta.

— C'est comme jouer au docteur, me murmura-t-elle à l'oreille comme nous quittions ma chambre.

— Tu l'as fait ?

Elle jeta un coup d'œil à Bernie puis à moi.

— Non. Et toi ?

— Non, mais j'en ai eu envie, avouai-je.

Elle inspira brièvement et lâcha :

— Moi aussi.

Puis, effrayée de son aveu, elle courut rejoindre sa mère.

L'enterrement fut très simple et dura moins longtemps que je ne l'avais prévu, sans doute grâce au sens de l'organisation de Karl. Après la cérémonie à l'église, la voiture de l'entrepreneur des pompes funèbres nous emmena au cimetière. Cramponné au bras de l'infirmière embauchée par Karl, grand-père avait l'air d'un vieux monsieur très fragile. Quant à Thelma, elle paraissait droguée. Ses yeux, ouverts mais ternes, erraient dans le vide avec une expression lointaine comme si elle ne voyait rien et n'entendait rien de ce qui se déroulait devant elle. Retirée à l'intérieur d'elle-même, elle devait repasser dans sa tête l'une de ses émissions préférées.

Tout en la tenant solidement par le bras, Karl faisait manœuvrer l'assistance avec une efficacité remarquable. Quelques-uns de ses collègues de travail assistèrent à l'office mais, au cimetière, il ne resta plus que deux couples âgés qui avaient été des amis de la défunte, mon grand-père et son infirmière, Thelma, Karl, moi, la mère d'Ashley et le prêtre.

Le temps ne se prêtait pas à des funérailles. Il faisait trop chaud, trop beau et le ciel d'un bleu presque turquoise ne montrait aucun nuage. Au cimetière, l'air embaumait l'herbe fraîchement coupée. Des oiseaux voletaient d'arbre en arbre et des écureuils gambadaient sur les tombes comme si l'endroit n'était qu'un grand parc créé pour leur seul plaisir.

Malgré moi, je me demandai à quoi avait ressemblé l'enterrement de ma vraie mère. Je m'imaginai apprenant où elle avait été enterrée et me rendant sur sa tombe un jour. Que dirais-je ? Et d'ailleurs qui m'entendrait ? Bernie avait-il raison ? Que restait-il de nous après la mort ? Rien du tout ? Ou bien quelque chose de précieux qui s'attardait auprès des vivants, quelque chose que nous ne comprenions pas, quelque chose que nous étions incapables d'imaginer ?

Sur le trajet du retour, Thelma parla enfin.

— Pauvre maman. J'espère qu'elle n'est pas seule.

Être seule. C'était ce que Thelma redoutait par-dessus tout. Durant des années, ses émissions lui avaient procuré les familles et les amis dont elle était dépourvue dans la réalité. Elles avaient rempli sa vie de distractions et l'avaient empêchée de penser à sa propre solitude. Karl avait cru que m'adopter réglerait le problème mais je n'avais toujours pas l'impression de leur apporter grand-chose et en tout cas il me paraissait évident que nous ne formions pas une vraie famille. Du moins pas ce que je pensais être une famille.

Grand-père vint déjeuner chez nous mais il s'assoupit sur sa chaise après seulement quelques bouchées. Il avait l'air de s'être recroquevillé et flétri sous l'effet du chagrin. J'espérai au fond de moi trouver un jour quelqu'un qui m'aimerait autant qu'il avait aimé sa femme. Cela serait l'antidote parfait à la solitude, le traitement idéal.

Deux jours plus tard, grand-père eut une attaque et fut hospitalisé. Il ne mourut pas mais se retrouva handicapé au point que Karl dut organiser son placement dans une maison de repos spécialisée. Thelma ne supportait pas l'idée d'aller le voir dans un tel environnement.

— Pourquoi faut-il que nous vieillissions ? gémit-elle. Ce n'est pas juste. Elena ne semble pas avoir pris une ride depuis que j'ai commencé à regarder *Les Ombres éternelles*. Nous devrions tous vivre à l'intérieur d'une émission.

Karl hocha la tête avec résignation et retourna à sa

revue économique. Moi, je revins à mon travail et nos vies reprirent leur cours comme si nous étions trois ombres isolées cherchant vainement à se rejoindre.

Nous rendîmes visite au père de Karl mais ce ne fut pas plus réussi que la première fois. Il s'agaça de l'attitude éplorée de Thelma et des critiques de Karl quant à son style de vie, et abrégea la séance pour rejoindre ses copains. Quelques jours plus tard, Stuart, le frère de Karl, vint enfin d'Albany pour faire ma connaissance et présenter ses condoléances à Thelma. Il était plus grand et plus mince que son aîné mais ses yeux étaient froids et ses traits acérés s'éclairaient rarement d'un bref sourire. Il m'interrogea sur mon école mais parut mal à l'aise lorsque je lui répondis. Même en me parlant, il évitait soigneusement de croiser mon regard.

Après son départ, Karl m'apprit que son frère vivait comme un moine et qu'il n'était pas improbable qu'il entre un jour dans les ordres.

— Les gens le rendent nerveux, dit-il. Il n'aime que la solitude.

— Comment arrive-t-il à travailler comme vendeur ? demandai-je. Pour vendre, il faut rencontrer des gens.

— Il travaille surtout au téléphone. C'est ce qu'on appelle le télémarketing.

Je fus déçue. J'avais espéré que mon oncle serait plus amusant et se montrerait plus amical. J'avais même imaginé lui rendre visite à Albany. Le lendemain, je m'en plaignis à Bernie et à Ashley.

Depuis que nous avions projeté notre expérience, Ashley ne nous quittait plus, Bernie et moi, et nous déjeunions ensemble.

— Mon grand espoir était de faire partie d'une vraie famille, avouai-je. D'avoir des petites fêtes avec des anniversaires, des baptêmes, des mariages. Tout, quoi. Parfois, je me sens plus seule que lorsque je vivais à l'orphelinat.

Les yeux emplis de chagrin, Ashley parut compatir mais Bernie prit un air pensif comme si j'avais soulevé un problème scientifique.

— La famille, c'est démodé, déclara-t-il soudain avec cet air assuré, presque arrogant, avec lequel il répondait aux questions en classe. C'est un mythe entretenu par les entreprises qui fabriquent les cartes de vœux. Aujourd'hui, les gens vivent trop repliés sur eux-mêmes pour jouer encore à ça.

— C'est terrible, ce que tu dis, protesta Ashley. Ma famille n'est pas repliée sur elle-même.

Les sourcils de Bernie se rejoignirent tandis que ses lèvres se pinçaient.

— Ton père est toujours en voyage, tu nous l'as dit toi-même il y a quelques jours. Et ta mère est terrorisée à l'idée de vieillir, tout comme la mienne. Regarde les choses en face, toi et moi, nous ne sommes guère différents de Crystal. Personne ne nous écoute vraiment. On est de trop. Dans le meilleur des cas, on les dérange.

— Pas moi!

— Nous sommes tous orphelins, marmonna Bernie.

— Ce n'est pas vrai. Tu ne crois pas ça, Crystal, quand même?

— Je ne sais pas. Je n'ai pas envie de le croire mais en réalité je ne sais pas.

Ashley parut anéantie, prête à s'enfuir. Puis Bernie baissa la voix jusqu'au murmure :

— Ne nous tracassons pas pour ça. Faisons notre expérience. Je suis prêt. Chez moi, ce soir, vers sept heures et demie. D'accord ?

Je regardai Ashley. Son visage s'était soudain éclairé et ses yeux papillotaient tandis qu'elle nous dévisageait tour à tour.

— Très bien, fis-je. Ashley ?

— D'accord, dit-elle d'une toute petite voix. Mais je ne suis pas une orpheline.

Bernie éclata de rire. C'était la première fois que je l'entendais rire aussi fort. Je ne pus m'empêcher de sourire et Ashley non plus.

Dans la cafétéria, les élèves qui, d'ordinaire, nous témoignaient du mépris nous jetèrent des regards emplis de curiosité.

Mais pas aussi grande que celle que nous éprouvions à l'égard de nous-mêmes.

9

Au nom de la science

— Voici un graphique, dit Bernie en brandissant une feuille de papier quadrillé. Il y en a un pour chacun de nous.

Ashley et moi étions assises dans la chambre de Bernie qui, campé devant nous, exposait le programme. Ashley se plaignit de se retrouver comme à l'école. Je lui demandai d'être patiente.

— Aujourd'hui, c'est la session numéro un, reprit-il avec un clignement d'yeux agacé. Il y aura plusieurs sessions qui se dérouleront de la même façon et, chaque fois, nous noterons nos réactions sur une échelle de un à dix, dix étant la plus intense. L'objectif est de déterminer comment un baiser nous affecte, lequel nous préférons, et ainsi de suite. Compris ?

A sa façon de parler et de se tenir, il faisait vraiment penser à Mr. Friedman, notre professeur de sciences.

— Zut ! fit Ashley en secouant la tête. Quel charabia ! Qu'est-ce qu'un graphique a à voir avec les baisers ?

— Le graphique n'a rien à voir. C'est seulement une façon de noter scientifiquement nos réactions.

Il poussa un soupir exaspéré et se retourna vers moi.

— Tu comprends pourquoi je ne pourrai jamais enseigner ? Bon, continuons, reprit-il après une profonde inspiration. Nous nous retrouverons ici tous les soirs de la semaine prochaine.

— Je ne comprends toujours pas ce que nous sommes en train de faire, gémit Ashley.

— A la fin, nous saurons quelle sorte de baisers nous préférons, les petits, les rapides, les mouillés, etc. Tu as déjà rêvé d'embrasser un garçon, non ? Eh bien, imagine que je suis celui dont tu es amoureuse cette semaine et plante-moi un baiser sur la bouche.

Ashley retint son souffle. Sur le point d'exploser, les yeux exorbités, elle nous regarda successivement et fit non de la tête.

— Pas question.

— Tu ne vas pas nous raconter que tu n'as jamais eu envie d'embrasser un garçon ? s'écria

Bernie, de plus en plus exaspéré. C'est naturel d'y penser.

Elle n'aurait pas pu être plus rouge et moi-même je sentis mes joues s'embraser. Toutes ces discussions sur les baisers me troublaient autant qu'Ashley.

— Nous devons être honnêtes, insista Bernie. Dans les matières scientifiques, l'honnêteté est essentielle. Nous ne devons pas cacher la vérité ni faire semblant. Personne ici ne rira ni ne se moquera de l'autre. Nous sommes sérieux et nous allons nous comporter en adultes. D'accord, Crystal ?

— Oui.

J'étais un peu décontenancée par l'aspect clinique sous lequel il présentait ces choses. Tout le mystère et la séduction que je leur avais attribués dans mes rêveries avaient disparu.

— Pourquoi c'est lui qui nous dit ce qu'on doit faire ? protesta Ashley.

— Vous m'avez demandé de mettre au point cette expérience et c'est ce que j'ai fait.

— Je n'ai rien demandé. Crystal et moi, on se posait des questions et tu es venu y mettre ton grain de sel. N'est-ce pas, Crystal ?

— Oui, mais nous avons besoin de Bernie.

— Tu vas faire ça ?

— Oui, répétai-je en regardant Bernie qui semblait plus décidé que jamais. Ça m'intéresse et je sais que nous en apprendrons beaucoup sur nous-mêmes.

Elle riva ses yeux sur moi un long moment.

— Alors ? s'impatienta Bernie.

— Bon, d'accord, fit-elle enfin. Si Crystal le fait, j'essaie.

— Bien, dit Bernie.

Il verrouilla sa porte puis tira les stores des fenêtres. Le regard d'Ashley suivit un à un ses mouvements. Il nous tendit à chacune un graphique.

— Les chiffres inscrits sur le côté correspondent aux réactions, expliqua-t-il. En haut, comme vous le voyez, il y a des dates qui commencent par celle d'aujourd'hui. Tant que nous resterons sur un plan scientifique, il n'y aura pas de problème, ajouta-t-il.

Il s'accroupit et ouvrit un petit placard situé sous les rayonnages de la bibliothèque.

— Qu'est-ce que c'est? s'écria Ashley avant qu'il ait pu fournir une explication.

— C'est un tensiomètre à affichage numérique qui prend aussi le pouls.

— Où est-ce que tu as eu ça? gronda-t-elle comme s'il s'agissait de quelque fruit défendu.

— Tu peux en acheter n'importe où, Ashley. On en vend même au drugstore. Rien d'extraordinaire. Quand tu es excitée, reprit-il de sa voix de professeur, ta tension s'élève et ton pouls s'accélère. Prenons tout de suite notre tension et notre pouls avant de faire quoi que ce soit. Comme ça, nous saurons ce qu'il faut considérer comme normal. D'accord? On commence par qui?

— Par moi, proposai-je.

Il fixa le bracelet autour de mon bras, lut les chiffres, puis prit la tension d'Ashley.

— Tu dois être un peu nerveuse, dit-il. Je ne m'attendais pas que ta tension soit aussi haute.

— Comment faites-vous, tous les deux, pour être aussi calmes? demanda Ashley d'un ton soupçonneux. Tu n'es pas nerveuse, Crystal?

— Non.

Ce qui était vrai. A présent que nous étions sur le

point de commencer, la curiosité l'emportait sur l'anxiété. Sceptique, Ashley hocha la tête.

— Bon, et maintenant ?

Bernie s'assit en face de nous, croisa les jambes et relut ses notes.

— Maintenant, nous devons nous embrasser. Ashley, tu veux commencer ?

Ashley bondit de sa chaise comme un diable de sa boîte. Ses mains s'agitèrent fébrilement sur le verrou et elle s'enfuit à toutes jambes. Deux secondes plus tard, la porte d'entrée claqua bruyamment.

Bernie et moi échangeâmes un regard.

— Je crois qu'elle n'était pas tout à faite prête pour ce genre de choses, remarqua-t-il avec un sourire.

Je compris soudain pourquoi il avait décrit notre expérience sous cet aspect froid et clinique.

— Et moi, je crois que tu as fait tout ça pour te débarrasser d'elle.

Ses yeux fuirent les miens tandis qu'il tentait d'éluder la vérité.

— Je savais qu'elle n'était pas prête. Pourquoi perdre du temps avec elle ?

— Pourquoi t'es-tu comporté comme ça ? demandai-je. Rappelle-toi, « l'honnêteté est essentielle dans le domaine scientifique ».

Il fit mine de sourire puis son visage reprit une expression grave.

— J'éprouve envers toi des sentiments différents, différents de ceux que m'inspirent les autres filles, et je veux comprendre pourquoi, expliqua-t-il.

— Alors, il s'agit toujours d'une expérience ?

— Oui. Qu'est-ce que ça pourrait être d'autre ?

J'aurais voulu répondre : l'amour, et lui dire que

disséquer nos sentiments risquait de les détruire. Mais je me tus, de peur de l'effrayer. Un léger tremblement parcourut mes jambes et remonta le long de ma colonne vertébrale ; les battements de mon cœur s'accélérèrent.

— Alors, on y va, oui ou non ? demanda Bernie, le regard empli d'espoir et de détermination.

Une fois, à l'orphelinat, j'avais surpris une fille, Marsha Benjamin, dans les bras d'un garçon beaucoup plus âgé qu'elle. Il s'appelait Glenn Fraser et je me souviens qu'il me faisait peur, en particulier à cause de la façon dont il me regardait. J'étais trop jeune à l'époque pour en comprendre les raisons mais lorsque je le vis en train d'embrasser Marsha, glissant sa main sous sa jupe, la pressant contre lui et la forçant à pivoter pour mieux s'insérer entre ses jambes, j'en perdis le souffle, de peur d'abord, puis d'ahurissement. Je commençai par prendre la fuite puis m'arrêtai et me retournai, les yeux écarquillés par la curiosité. En vérité, j'étais fascinée par le visage de Marsha, la façon dont elle laissait sa tête pendre en arrière, par ses petits gémissements et les gestes fébriles de ses mains qui, après avoir tenté de repousser le garçon, s'étaient nouées sur sa nuque et s'y cramponnaient avec une sorte de frénésie.

Il s'aperçut que je les regardais et, sans se mettre en colère, il m'adressa un sourire froid et jeta :

— Il y a de la place pour une de plus.

Je courus éperdument comme si un monstre me poursuivait. Plus tard, je me dis que le monstre était en moi et que, pour ne plus le craindre, pour le dominer, il me fallait aimer quelqu'un et en être aimée. A présent, je me demandais si Bernie pouvait être cette personne.

— Oui, répondis-je enfin. Allons-y.

Bernie sourit puis, comme s'il avait lu dans mes pensées, précisa :

— Nous ne précipiterons rien, bien sûr, et si l'un de nous se sent mal à l'aise, nous nous arrêterons immédiatement. De toute façon, ça annulerait l'expérience.

— D'accord, dis-je, la gorge nouée.

Bernie fit trois pas et commença à m'embrasser. Je fermai les yeux et laissai mes pensées errer. Mon cœur s'emballa et je craignis que Bernie ne s'en aperçoive. Je m'écartai. Il lâcha mes épaules et me regarda.

— Comment te sens-tu ?

— Très nerveuse.

— Tu es la fille la plus courageuse que je connaisse. Je ne pensais pas que tu le ferais, avoua-t-il d'une voix émue.

— Je te l'avais dit, déclarai-je d'un ton résolument brave. Ça m'intéresse autant que toi.

Il hocha la tête.

— Qu'est-ce qu'on fait ensuite ? demandai-je.

— On pourrait essayer le baiser à la française, non ? Tu sais, avec la langue ? Tu me diras tout ce que tu éprouves, et moi aussi. D'accord ?

Je fis oui de la tête tout en regrettant de ne pas avoir suivi Ashley. Il était trop tard pour prendre la fuite à présent et, d'ailleurs, Bernie et les sensations qu'éveillaient en moi ses baisers m'intriguaient.

— Prête ?

— Oui.

Je regardai le plafond puis Bernie et moi restâmes plantés là, face à face. Ses yeux me dévoraient, du bout des pieds à la racine des cheveux. Jamais un garçon ne m'avait regardée ainsi. Cela me fit tourner la tête.

— Mon cœur bat fort, dit-il.

Puis il tourna autour de moi.

— Je suis nerveux et j'ai peur de ne pas faire ce qu'il faut, avoua-t-il.

On aurait dit la voix d'un journaliste faisant son reportage d'un pays éloigné — comme si nous n'étions pas dans la même pièce et n'éprouvions pas les mêmes émotions.

— Moi aussi.

Je voulais me montrer franche ; pour le bien de l'expérience, bien sûr.

— Comment ?

— Je suis d'accord avec tout ce que tu as dit, expliquai-je d'une voix tremblante tandis qu'il continuait à tourner autour de moi.

Les yeux fermés, je sentais son souffle sur mon cou. Puis il se retrouva devant moi, à quelques centimètres seulement.

— Je vais fermer les yeux, annonça-t-il, et ensuite je vais essayer de faire ce fameux baiser à la française. D'accord ?

Il ferma les yeux et m'embrassa.

Ce baiser très particulier me laissa perplexe. J'aurais pu dire ce que Bernie avait mangé pour le dîner. Mais j'avais déjà vu à l'école des adolescents s'embrasser ainsi et ils avaient l'air d'aimer ça. Aussi décidai-je d'y trouver du plaisir. Au bout d'un instant, mon cœur se mit à battre plus fort et mes mains devinrent moites. Cette fois-ci, ce fut Bernie qui s'écarta le premier.

— Hou la la, fit-il en secouant la tête comme

pour en chasser le brouillard. *Maintenant*, je vois pourquoi on en fait un tel plat !

— Heu... oui, moi aussi.

Est-ce qu'embrasser n'importe quel garçon était aussi agréable ? me demandai-je en mon for intérieur.

— Nous devrions peut-être arrêter là pour ce soir mais il faudra que nous recommencions. A condition de rester sur le plan expérimental, bien sûr.

— Sur le plan expérimental... bien sûr, répétai-je en tentant de cacher ma déception.

Je n'étais pas de ces filles qui perdaient la tête aux seuls mots de « garçons » ou de « baisers » mais je n'avais pas non plus imaginé la chose en des termes froids et cliniques.

— Pourvu qu'Ashley n'en parle pas à ses amis, dit-il.

— Je vais le lui interdire.

— De toute façon, ils vont bavarder à notre sujet, dit-il en me regardant dans les yeux. Ils l'ont déjà fait.

— Sans doute.

Un long silence tomba. J'avais l'impression que les baisers n'avaient été que rêvés. Tout s'était passé si vite que le souvenir en était brouillé. Mais le graphique que je tenais à la main me confirmait leur réalité.

— Je ferais mieux de rentrer, dis-je enfin.

— Je te raccompagne jusque chez toi.

Mon air surpris le fit sourire.

— Je ne crois pas que je pourrai lire, me concentrer sur quoi que ce soit, ni trouver le sommeil avant un bout de temps, expliqua-t-il.

Je ris nerveusement pour cacher mon trouble.

Il ouvrit la porte et nous sortîmes. Nous avions atteint l'entrée lorsque nous entendîmes une voix appeler du salon.

— Ma mère, souffla Bernie.

Une femme très élégante, parée comme si elle s'apprêtait à partir pour une grande réception ou qu'elle en revenait, vint à notre rencontre. De longues boucles d'oreilles ornées de diamants se balançaient au rythme de sa démarche. Chaque mèche de ses cheveux platine était si bien coiffée que je pensai à une perruque. Grande, très mince, elle se tenait très droite. Lorsqu'elle sortit de l'ombre, je découvris son visage, si dépourvu de rides qu'on eût dit un masque. La peau des tempes lui bridait légèrement les yeux, comme si elle avait rétréci au lavage. Son nez était petit mais ses narines épatées. Ses lèvres enflées transformaient son sourire en une grimace douloureuse.

Les doigts de sa main gauche étaient bardés de bagues. Avec son collier de diamants, ses broches, ses bracelets, elle avait l'air d'une bijouterie ambulante. Son parfum la précédait de plusieurs mètres.

— Qui est-ce, Bernard ? demanda-t-elle.

— Une amie.

— Pourquoi ne me la présentes-tu pas ? Tu n'as jamais amené d'ami ici, en tout cas pas de fille, dit-elle en m'étudiant soigneusement.

— C'est Crystal. Crystal, voici ma mère.

— Bonjour, fis-je aussitôt.

— Crystal comment ? s'enquit-elle sans me saluer.

— Crystal Morris, dit Bernie. Elle allait rentrer chez elle.

— Morris ? De quel Morris s'agit-il ? Charlie Morris de l'agence de publicité ?

— Non, dit Bernie en se ruant sur la porte d'entrée pour l'ouvrir. Je la raccompagne chez elle.

— Enchantée d'avoir fait votre connaissance, minauda sa mère. Il était temps que Bernard amène quelqu'un ici.

On avait l'impression qu'en changeant trop brutalement d'expression son visage allait se briser en mille morceaux. Je lui jetai un dernier regard puis me hâtai de rejoindre Bernie qui était déjà sorti.

Il ferma la porte derrière moi et se précipita dans l'allée.

— Nous ne devrions peut-être pas partir si vite, Bernie. C'est grossier.

Il accéléra le pas.

— Tout ce qu'elle veut, c'est que j'aie des petites amies, que j'écoute du rock et que je m'habille comme les acteurs de télé ou de cinéma, marmonna-t-il en s'arrêtant, le temps que je le rejoigne. Regarde-la. Si c'était ta mère, tu aimerais la montrer ? Elle aime me mettre dans l'embarras. « Il était temps que tu amènes quelqu'un à la maison, cita-t-il en imitant sa mère. Surtout une fille. »

— C'est sans doute qu'elle s'inquiète pour toi, suggérai-je.

— Non. C'est pour elle qu'elle s'inquiète. Qu'est-ce qu'on pensera d'elle si son fils ne ressemble pas à ce qu'elle s'imagine être la norme. N'en parlons plus, ajouta-t-il. Ça me met hors de moi.

Nous marchâmes en silence jusqu'à ma maison. Le ciel nocturne était couvert et il faisait froid. Notre respiration s'échappait en petites bouffées blanches.

Ni l'un ni l'autre, nous n'étions habillés chaudement.

— Tu gardes ça, dit-il en me tendant les graphiques.

— Nous aurions dû les laisser chez toi.

— Non. Parfois, quand je suis en classe, elle va dans ma chambre et elle fouille partout. Elle cherche les trucs bizarres. Un jour, j'ai laissé sur mon bureau une grenouille disséquée qui empestait le formol. Ça l'a maintenue à l'écart pendant un bout de temps mais il lui arrive encore de m'épier. Je ne veux pas qu'elle trouve ça. Elle ne comprendrait jamais.

— D'accord.

Karl et Thelma ne comprendraient sûrement pas non plus mais refuser de conserver ces papiers risquait de mettre un terme à notre expérience. Ce que je ne désirais pas.

— Bonne nuit, fit-il d'un ton hésitant. J'ai bien aimé notre expérience. J'ai hâte d'être à demain.

Il recula d'un pas puis revint déposer un bref baiser sur ma joue.

Je restai là, la main sur l'endroit qu'il venait d'embrasser, et le regardai s'éloigner. Puis j'entrai dans la maison. Le méli-mélo d'émotions qui tourbillonnait dans ma tête me donnait le vertige. Karl était toujours au salon mais Thelma était montée se coucher.

— Elle était très fatiguée ce soir. Elle s'assoupissait tout le temps dans son fauteuil, aussi je l'ai convaincue d'aller au lit, expliqua-t-il. Et toi, ça va bien ?

— Ça va.

— Bon. Le pire est passé, déclara-t-il. Nous n'avons plus qu'à reprendre la vie normale.

Qu'est-ce que la vie normale? aurais-je voulu demander. Une vie de solitude et de craintes? Une vie où nous nous ignorons les uns les autres? Thelma n'avait guère changé depuis mon arrivée. Au lieu de revenir au monde réel, elle s'efforçait de me faire rejoindre son univers de faux-semblants. Karl restait fidèle à son emploi du temps bien réglé. J'avais fait la connaissance de quelques jeunes de mon âge mais beaucoup d'entre eux semblaient aussi mal à l'aise que moi. Pourtant, eux avaient des familles!

— Moi aussi, je vais me coucher. Bonne nuit.

— Bonne nuit. A demain, dit-il sans quitter des yeux son journal.

J'allai dans ma chambre et me préparai pour la nuit. Une fois au lit, je m'adossai contre les oreillers et pris les graphiques. Je savais ce que j'avais écrit sur le mien mais j'ignorais les commentaires de Bernie.

Ses chiffres étaient aussi élevés que les miens mais ce qui attira mon attention, ce furent les quelques lignes écrites en bas de la page.

Jamais jusqu'à présent je n'ai été autant attiré par quelqu'un. Cela signifie-t-il que Crystal est spéciale ou bien embrasser une jolie fille cause-t-il toujours cette réaction?

N'importe qui d'autre aurait estimé ces phrases un peu bizarres mais je savais que c'était la seule façon qu'avait trouvée Bernie pour dire : « Je t'aime. »

Pour l'instant, cela serait suffisant.

J'avais de grands espoirs pour le lendemain.

Ce soir-là, pour une fois, il me fut facile de fermer les yeux et de sombrer dans un sommeil peuplé de rêves.

10

Coup de cœur

A l'école, le lendemain, l'air apeuré d'Ashley me rassura. Bernie avait craint ses commérages mais, visiblement, c'était elle qui redoutait que nous n'allions bavarder à son sujet.

— Tu es restée? me chuchota-t-elle à l'oreille en me rejoignant devant nos casiers.

Elle ne cessait de lancer de petits coups d'œil furtifs dans le couloir pour vérifier que personne ne pouvait nous entendre.

— Oui.

— Et tu l'as fait?

— Bien sûr.

Je refermai mon casier et me dirigeai vers la salle de classe. Elle me colla aux talons comme un jeune chiot.

— Qu'est-ce qui s'est passé? souffla-t-elle.

Je m'arrêtai et me retournai vers elle.

— Si tu voulais en savoir plus, pourquoi n'es-tu pas restée?

— Je n'ai pas pu, avoua-t-elle.

Ses traits torturés faisaient craindre qu'elle n'éclate en sanglots.

— Tu en as parlé à quelqu'un? A Helga, par exemple?

Elle secoua la tête avec une énergie telle que je crus voir ses yeux s'entrechoquer.

— C'est bien, fis-je.

Elle entra à ma suite dans la salle de classe. Apercevant Bernie, elle baissa la tête et alla prendre sa place habituelle.

Bernie me jeta un regard interrogateur. Je lui fis signe que tout allait bien. Son attitude se fit plus détendue. A la fin du premier cours, il s'approcha de moi, ce qui fit reculer Ashley.

— Je ne peux pas déjeuner avec toi aujourd'hui, dit-il. J'ai promis à Mr. Friedman de l'aider à installer son matériel.

— D'accord, dis-je, un peu précipitamment.

— Tout va bien ?

— Oui.

— Alors tu viens chez moi ce soir, à la même heure ?

Comme je ne répondais pas tout de suite, il me regarda droit dans les yeux.

— Il faut qu'on continue à remplir les graphiques, insista-t-il.

— Je serai là, dis-je.

A la pause du déjeuner, plateau en mains, Ashley se précipita vers ma table.

— Tu vas me raconter ce qui s'est passé ? demanda-t-elle en s'asseyant à côté de moi.

— Nous ne nous sommes embrassés que deux fois, déclarai-je d'une voix aussi placide que possible.

— Seulement deux fois ? Pourquoi ?

— C'est difficile à expliquer à quelqu'un qui n'était pas là. Mais tout s'est passé de façon très scientifique. Rien de spécial.

Elle parut profondément déçue.

— Tu as aimé l'embrasser ?

— Non. Je veux dire, oui... Ecoute, je ne peux en parler de cette façon, ça rend tout moche.

Elle hocha la tête comme si elle comprenait.

— Je n'essaie pas de me moquer de toi, Crystal. C'est différent pour Bernie et toi. Vous êtes tellement intelligents. J'avais l'impression de ne pas être à ma place avec vous deux et j'ai eu peur. Si jamais tu veux m'en parler, je te promets de garder le secret.

Je compris que, bien qu'exclue de notre expérience, elle voulait découvrir elle aussi des choses ultra-secrètes. Ashley était encore une petite fille. Pour elle, il s'agissait d'un jeu, du genre : « Montre-le-moi et je te le montrerai. » Mais si je la repoussais, elle risquait de nous en vouloir et de colporter des commérages.

— D'accord. Je te tiendrai au courant quand il y aura des choses à raconter, de vraies conclusions scientifiques.

Satisfaite, elle sourit.

— Est-ce que tu peux venir dîner, vendredi soir, avec ma mère et moi ? Mon père est toujours en voyage d'affaires.

D'après la façon dont elle parlait de lui, j'avais compris qu'il passait plus de temps à voyager qu'à la maison.

— Tu pourras peut-être m'aider à préparer l'examen de maths de la semaine prochaine ? reprit-elle.

— J'en parlerai à mes parents.

Cette promesse la fit rayonner de plaisir.

Ashley n'était guère populaire et rarement invitée. A cause de sa timidité, les autres filles la traitaient comme si elle venait d'un milieu social plus modeste. Malgré ce qui s'était passé chez Bernie, elle me considérait comme sa meilleure amie. Elle m'admirait visiblement et appréciait le fait que, sans être amicales, les autres filles ne m'attaquaient pas de front. Sans doute les années d'orphelinat m'avaient-elles endurcie. Les petites pestes du genre d'Helga, qui ricanent dans votre dos mais se dégonflent dès qu'on leur fait face, ne m'impressionnaient nullement. Tant de rumeurs stupides circulaient sur les orphelins. Certaines n'étaient pas à mon désavantage. Si ces idiotes me croyaient capable de leur arracher les yeux, eh bien, qu'elles le croient, me disais-je. Depuis longtemps, j'avais appris que si je ne pouvais me faire aimer telle que j'étais, autant me faire craindre. Au moins, j'étais tranquille.

Tandis que la fin de la journée approchait, je sentais l'excitation grandir en moi, comme on entend le tonnerre gronder au loin. De temps à autre, une décharge électrique m'envoyait une secousse jusque dans le cœur. L'estomac serré, je pus à peine dîner. Jusqu'où irions-nous pour remplir les graphiques de Bernie ? Lorsque je les regardai à nouveau dans ma chambre, j'eus l'impression que ces feuilles me brûlaient les doigts. La chaleur remontait le long de mes bras et m'enveloppait le cœur. La glace de la salle de bains me renvoya une image inhabituelle ; mes joues étaient rouges et mes yeux brillants de fièvre. Karl comprendrait-il ce qui se passait au premier coup d'œil ? Et Thelma, dont la dose quotidienne de passion ingurgitée grâce à la télévision étoufferait Vénus elle-même, resterait-elle aveugle ?

— Tu te sens bien, Crystal ? demanda Karl après le dîner.

Thelma me jeta un regard anxieux.

— Oui. Je m'inquiète seulement un peu pour mon premier examen de maths, la semaine prochaine.

— Oh, fit Thelma dans un petit rire. Tu auras sans doute la meilleure note. N'est-ce pas, Karl ?

— Elle va très bien s'en sortir, acquiesça-t-il. S'inquiéter pour ses examens, c'est très bien tant que ça ne nuit pas aux performances. Ce sont ceux qui s'en moquent qui ratent tout. Tu es une jeune fille très motivée, Crystal. Nous sommes fiers de toi, n'est-ce pas, Thelma ?

— Comment ? Oh, oui, c'est vrai, ma chérie. Les autres parents vont nous envier d'avoir une fille comme toi. Tes notes ont été l'une des premières choses que Karl a prises en compte. N'est-ce pas, Karl ?

— Oui, c'est vrai, admit-il.

Je les regardai pensivement. Si j'avais été une élève médiocre ou simplement moyenne, ils ne m'auraient pas adoptée. Cela me choquait qu'on puisse accorder tant de crédit à des résultats d'examen alors qu'il s'agissait de choisir une enfant pour en faire sa fille. Si mes notes baissaient, me renverraient-ils ?

— Ashley Raymond m'a demandé si je pouvais dîner avec sa mère et elle vendredi soir, dis-je. Est-ce que ça irait ?

— En fait, dit Karl, ça serait parfait. Je ne crois pas que nous serons rentrés à temps pour le dîner. J'allais demander à Thelma de te préparer quelque chose à réchauffer.

— Nous ne serons pas là pour le dîner ? Où allons-nous, Karl ? s'inquiéta Thelma.

— Tu ne te souviens pas ? Nous avons rendez-vous avec les médecins et le directeur de la clinique au sujet de ton père. Il va falloir le mettre dans un autre établissement où on pourra s'occuper de lui vingt-quatre heures sur vingt-quatre.

— Je déteste ce genre de choses, marmonna-t-elle. On ne pourrait pas se contenter de téléphoner ?

— Non, chérie. Il y a des papiers à signer. Ça ne prendra pas longtemps... Thelma n'aime pas penser aux choses tristes, ajouta-t-il en m'adressant un sourire. Avec les trajets aller et retour, nous rentrerons tard et ça m'ennuyait que tu nous attendes, Crystal.

— Elle pourrait venir avec nous, non ?

— Tu as entendu : Ashley l'invite à dîner, Thelma. Laissons-la se lier avec d'autres enfants de son âge. Tu veux qu'elle ait des amis, non ?

— Oui, fit Thelma d'une toute petite voix.

Depuis la mort de sa mère, elle semblait redouter plus que jamais la vie réelle. Si elle avait été capable de se réfugier à l'intérieur du poste de télévision ou entre les pages d'un livre, elle l'aurait fait.

— C'est entendu, conclut Karl.

Thelma se remit à manger puis s'interrompit, fourchette en l'air.

— Tu sais ce qui passe ce soir, Crystal ? *Le Théâtre de l'amour*. C'est tout nouveau.

— Je dois réviser mon examen de maths avec Bernie Felder.

Ce n'était pas complètement mensonger. Je pensais que nous allions aussi un peu travailler.

— Oh, bon, d'accord. Veux-tu que je l'enregistre pour que nous le regardions ensemble pendant le week-end ?

— Avec plaisir.

Elle parut satisfaite. J'évitai le regard perplexe de Karl et finis mon dîner. Après avoir aidé Thelma à ranger, je montai ramasser mes livres et mes cahiers, ainsi que les graphiques que je glissai entre deux pages. Quand je redescendis, Thelma était déjà plongée dans une émission et Karl lisait le *Wall Street Journal*.

— Ne rentre pas trop tard! cria-t-il comme j'ouvrais la porte d'entrée.

— Promis!

C'était une belle soirée et les étoiles semblaient plus grandes et plus lumineuses. La rue était calme et sombre. Mon cœur battait si fort que mes oreilles bourdonnaient, étouffant le bruit des voitures. Lorsque j'atteignis la porte de Bernie, ce fut avec l'impression d'avoir volé tout le long du trajet. Mon doigt enfonça le bouton en tremblant. J'entendis la sonnerie retentir à l'intérieur et, quelques secondes plus tard, Bernie ouvrit.

— Salut, dit-il.

— Salut.

J'entrai en espérant vaguement apercevoir sa mère mais, comme d'habitude, la maison était sombre et silencieuse.

— Il n'y a personne, annonça-t-il d'un ton de conspirateur. Ne t'inquiète pas, nous ne serons pas interrompus.

— Je pensais que nous pourrions aussi réviser un peu les maths.

— Bien sûr, mais ce sera facile. Le premier examen de Mr. Albert est toujours facile. En début d'année, il aime donner à chacun l'impression qu'il peut y arriver. Faux espoir, commenta-t-il comme nous entrions dans sa chambre.

Il referma la porte et se tourna vers moi.

— Tu as rapporté les graphiques?

— Oui, dis-je en les sortant d'un cahier.

Il les relut comme s'il avait oublié ce qui était écrit.

— Bien. Tu es prête?

Mon hésitation le troubla.

— Tu es toujours d'accord pour poursuivre cette expérience, non?

— Oui, bien sûr.

De peur qu'il ne veuille renoncer en me voyant prendre les choses trop au sérieux, je me retins de lui avouer que j'avais beaucoup pensé à ses baisers. Mais j'espérais que pour lui aussi cette expérience était plus qu'un test scientifique.

Comme la première fois, il m'embrassa d'abord doucement mais très vite son baiser se fit plus insistant, plus exigeant. Ma nervosité s'accrut, mais pas de la façon agréable que j'avais éprouvée la veille. Tandis qu'il pressait ses lèvres et son corps contre moi, je compris qu'il ne se satisferait pas de baisers.

Je le repoussai et reculai d'un pas.

— Bernie, arrête, il faut faire une pause pour prendre des notes.

Je m'efforçais de paraître calme malgré les battements désordonnés de mon cœur.

— Oh, voyons, Crystal, ça commençait justement à devenir intéressant!

Il se rapprocha et posa les mains sur mes épaules.

— Bernie, non, ça me met mal à l'aise.

Je m'écartai pour noter mes impressions sur le graphique mais mes mains tremblaient tellement que je ne pus que gribouiller deux ou trois signes illisibles.

— Crystal, je ne comprends pas. J'ai fait quelque chose qui ne te plaît pas? Tu ne veux pas poursuivre l'expérience?

Il avait l'air blessé et, tout en étant décidée à ne pas aller plus loin, je voulus le rassurer.

— Non, Bernie, ce n'est pas ça. C'est seulement que... ça m'a l'air de dépasser le stade de l'expérience... et je ne crois pas être prête pour ça.

J'espérais qu'il apprécierait ma franchise.

— Oh, ça va, Crystal, ne te fatigue pas, j'ai compris. Tu es comme Ashley... trop trouillarde pour te comporter en adulte, même au nom de la science !

Il se rua sur la porte et l'ouvrit en grand.

— C'est incroyable ! Tu réagis comme s'il s'agissait de... quelque chose de sale ou de mal. Tu es manifestement beaucoup plus bébé que je ne le pensais. Il vaut mieux que tu t'en ailles. Et ne te donne pas la peine de revenir.

Tout en courant dehors, le visage inondé de larmes, je me reprochais d'avoir interrompu notre expérience. J'aurais voulu pouvoir revenir sur mes pas. Bernie était mon ami. Il ne devait pas croire que j'avais honte. En fait, je commençais à penser qu'un lien particulier s'établissait entre nous et que nos actes avaient une signification. Et j'espérais que Bernie le pensait aussi. A présent, je ne saurais jamais ce qu'il éprouvait à mon égard. Lorsqu'il m'embrassait, pensait-il à moi... ou ne s'intéressait-il qu'à ses graphiques ?

Thelma avait peut-être raison : il était plus aisé de s'aimer à la TV que dans la vie réelle.

Arrivée devant ma maison, je m'assis sur une chaise longue pour reprendre mon souffle. De toute façon, ils se demanderaient pourquoi je rentrais si tôt.

L'air nocturne me glaça. Je serrai les bras et me berçai d'avant en arrière. Une tristesse lourde m'enveloppait, dont je ne parvenais pas à me débarrasser.

Comme c'était difficile de se faire aimer d'une façon qui vous rende heureux, et pourtant c'était ce que nous désirions tous éperdument. Soudain, Thelma ne me parut plus aussi sotte et infantile. Elle voulait seulement être aimée autant que les personnages de ses séries télévisées. Karl et Thelma levèrent la tête lorsque j'ouvris la porte.

— Déjà de retour ? demanda Karl.

— Il n'y avait pas grand-chose à réviser. Alors je me suis dit que j'allais rentrer pour regarder l'émission avec maman.

— Vraiment ? s'écria-t-elle.

Karl me jeta un regard soupçonneux.

— Tout va bien ?

— Oui.

— Pourquoi ça n'irait pas bien ? demanda Thelma. Elle est rentrée à la maison pour regarder l'émission avec moi. C'est tout.

Elle rayonnait. Ses yeux brillaient de bonheur.

— Oui, dis-je. Me voilà.

— Tu arrives juste à temps, dit-elle en me faisant une place à côté d'elle.

11

Rêves brisés

Le lendemain matin, Bernie m'attendait près de mon casier. Je lui jetai un coup d'œil tout en manipulant le cadenas.

— Excuse-moi, dit-il. Je crois que nous avons voulu aller trop vite. On ne peut pas réessayer?

— Non. Je pense que nous avons eu raison d'arrêter, hier. Attendons et voyons ce qui se passe naturellement, déclarai-je d'un ton plus assuré que je ne l'étais.

— Tu es la seule personne avec qui j'aurai jamais envie de le faire, dit-il tristement avant de s'éloigner.

Ashley nous observait du bout du couloir. Elle courut me rejoindre.

— Mes parents m'ont permis d'aller dîner chez toi vendredi soir, annonçai-je.

Ses yeux s'illuminèrent comme un sapin de Noël.

— Ne me pose pas de question, ajoutai-je sèchement. Pas une seule.

Elle me dévisagea un instant puis hocha gravement la tête. Bernie ne déjeuna pas à la cafétéria et évita mon regard durant les cours. Je me concentrai sur mon travail et chassai toute autre pensée de ma tête. Mon attitude froide effraya Ashley qui me suivit en silence toute la journée et ne commença à parler que lorsque la cloche annonçant la fin des cours eut retenti.

— Je vais dire à ma mère que tu viens. Quand nous aurons fini de dîner et de réviser les maths, nous pourrons écouter de la musique. J'ai acheté deux CD cette semaine. Tu aimes Timmy et les Grasshoppers ?

— Je n'en ai jamais entendu parler. J'écoute rarement du rock.

— Oh, fit-elle doucement.

Je lâchai un soupir.

— Mais je devrais peut-être me mettre un peu à la page. D'accord, nous écouterons de la musique.

— Chouette !

Elle me précéda en sautillant vers le car. Bernie était assis au fond comme d'habitude, les yeux rivés sur son livre. Je pris un siège au milieu et Ashley s'installa à côté de moi.

— Alors, vous voilà amies de cœur, maintenant ? s'écria Helga en passant dans l'allée.

— Jalouse ? demandai-je avec un sourire froid.

— De quoi ? riposta-t-elle en quêtant un regard admiratif de la part de ses camarades.

— De l'intelligence, du caractère, du charme, de l'esprit que tu n'as pas, répliquai-je.

Sa bouche s'ouvrit et se referma tandis qu'elle cherchait une repartie mais les élèves qui piétinaient derrière elle lui crièrent d'avancer. Elle se contenta de hausser les épaules.

— Tu n'as peur de personne, hein ? demanda Ashley d'une voix pénétrée de respect.

— Si, répondis-je après réflexion.

— De qui ?

— De moi.

Je savais, bien entendu, qu'elle ne comprendrait pas. Qu'il lui faudrait des années avant de comprendre.

Les deux jours suivants furent à peu près identiques. Je consacrai mon attention et mon énergie au travail, en prévision du premier examen du trimestre. Le soir, je pris le temps de regarder la télévision avec Thelma et nous commençâmes à parler d'autres choses que de ses feuilletons favoris. Elle me raconta des anecdotes sur son enfance, me fit part de ses rêves et de ses déceptions. Visiblement satisfait, Karl proposa de nous emmener passer le week-end au Canada, à Montréal, deux semaines plus tard. Cette perspective réjouit Thelma et j'en vins à croire que nous finirions un jour par former une vraie famille.

Le vendredi, après les cours, je revins à la maison, me changeai, me débarrassai d'une partie de mes leçons puis allai chez Ashley. Sa mère fut très heureuse de me voir. Ses attentions excessives me mirent dans l'embarras. Personne, pas même Thelma, ne s'était jamais montré aussi soucieux de me faire plaisir; personne ne s'était autant tracassé quant à mes goûts en matière de cuisine, de boisson, de dessert; personne ne s'était inquiété à ce point de ne pouvoir m'offrir tout ce que j'aimais.

— Ton père est souvent absent? demandai-je à Ashley, lorsque nous fûmes seules dans sa chambre.

On ne pouvait ignorer la chaise vide qui trônait au bout de la table. L'impression ressentie était sinistre, comme si un fantôme y avait pris place. D'autant plus que, par habitude ou pour équilibrer la table, la mère d'Ashley laissait disposé le couvert de l'absent.

— Pratiquement une semaine sur deux, ces temps-ci. Ils n'arrêtent pas de se disputer à ce sujet, dit Ashley. La semaine dernière, ma mère l'a accusé d'avoir une autre famille.

— Il est obligé de travailler autant?

— Il dit que oui, répliqua-t-elle tristement. Je suis désolée pour elle. Elle est si seule.

Je hochai la tête avec compassion. Nombreux étaient ceux de mes camarades d'école qui, malgré leur famille, vivaient dans la même solitude que moi naguère. Pour des raisons diverses, leurs foyers ne tenaient que par un fil ténu et, s'ils ne vivaient pas dans des établissements d'accueil, ils montraient des visages d'orphelins, des visages qui révélaient leur désir d'aimer et d'être aimés, chacun guettant sur la figure des autres s'ils étaient plus gâtés en ce domaine.

J'ouvris le livre de maths d'Ashley et lui expliquai les dernières leçons. Elle parut comprendre.

— Tu devrais enseigner, dit-elle. Tu es meilleure que Mr. Albert.

— Tiens donc! fis-je en riant.

Nous allions écouter de la musique lorsque le téléphone sonna. Ashley s'arrêta et retint son souffle. Sans doute espérait-elle que c'était son père, appelant d'une ville lointaine. C'est alors que nous entendîmes sa mère crier :

— Oh, non! Quand?

La peur envahit le regard d'Ashley. Deux secondes plus tard, sa mère ouvrait la porte de la chambre. Je jetai un coup d'œil à Ashley. Elle était au bord des larmes, s'attendant au pire. Mais c'est vers moi que se tourna Mrs. Raymond.

— Crystal, il y a eu un accident terrible. Est-ce que tu connais le numéro de ton oncle Stuart, à Albany?

— Il est sûrement dans l'agenda de mon père. Je vais le chercher.

Je quittai la pièce en courant avant qu'elle ait pu dire autre chose. Mon cœur battait très fort et j'avais l'impression d'avoir des jambes en coton. Je faillis m'écraser sur la porte d'entrée. Une fois dehors, je me mis à courir. Des larmes me brouillaient la vue. Quelle sorte d'accident ? Qu'est-ce que cela signifiait ?

Je me ruai dans la maison et déboulai dans le bureau de Karl. Après avoir noté le numéro d'oncle Stuart, je m'efforçai en vain de reprendre souffle ; une boule m'obstruait la gorge et menaçait de m'étouffer.

Je repris cependant mes jambes à mon cou et repartis vers la maison d'Ashley. J'entrai en coup de vent et tendis le bout de papier à Mrs. Raymond comme le témoin d'une course de relais. Les yeux pleins de larmes, elle promit de tout nous expliquer après avoir parlé à oncle Stuart et nous demanda de l'attendre dans le salon. Je quittai la pièce avec Ashley mais, anxieuse d'apprendre ce qui s'était passé, je restai dans le couloir.

Le visage livide, Ashley revint se poster à côté de moi. Nous nous regardâmes avec effroi et tendîmes l'oreille.

— Stuart, dit Mrs. Raymond, c'est Véra Raymond à l'appareil, l'amie de Thelma. Oui, oui, je vais bien, merci. Stuart, un des amis de mon mari qui est officier de police vient de m'appeler. Il y a eu un terrible accident. Karl et Thelma... ils ont été tués tous les deux. Stuart, je suis désolée.

Ashley étouffa un cri dans sa main. Je secouai la tête.

« Non, ce n'est pas vrai ! protestai-je violemment en mon for intérieur. Karl est un trop bon conducteur. Le plus prudent que je connaisse. Ils sont trop jeunes pour mourir. »

— Oui, c'est arrivé aujourd'hui, il y a quelques heures seulement. Le chauffeur d'une camionnette était ivre et il a traversé la ligne jaune. Ils n'avaient aucune chance de s'en sortir. Je suis désolée.

Une camionnette ? Un chauffeur ivre ? Un bref instant, j'eus l'impression de m'immiscer dans la vie de quelqu'un d'autre, comme si je regardais l'une des séries de Thelma. Ce n'était qu'une fiction idiote et cruelle. Zut, Thelma allait être furieuse ! Juste au moment où elle commençait à s'attacher aux personnages, on les éliminait du scénario. Je secouai la tête.

Pétrifiée par la peur, Ashley me dévisageait d'une étrange façon.

— Oui, reprit posément Mrs. Raymond, elle est chez nous. Que voulez-vous faire ?

Il y eut un silence et je cherchai désespérément à deviner ce que Stuart répondait. Qu'allait-il m'arriver ? Devrais-je retourner à l'orphelinat ?

— Je comprends, Stuart, mais que voulez-vous que je fasse dans l'intervalle ? Vraiment ? Très bien. Je vais m'en occuper. Je suis navrée, Stuart. Cela me bouleverse. J'ai du mal à assimiler. C'est inacceptable.

Elle raccrocha et sortit dans le couloir. Je vis à son expression qu'elle fut surprise de me découvrir là et en même temps soulagée de n'avoir pas à raconter de nouveau toute la tragédie.

— Je suis désolée, Crystal, dit-elle. C'est horrible. Je regrette tellement, ma chérie.

— Il faut que je rentre, dis-je. J'ai promis à ma

mère de rentrer tôt. Ils veulent que je sois là quand ils rentreront.

— Non, chérie, écoute-moi.

— Merci beaucoup pour le dîner, Mrs. Raymond. Merci, Ashley. Je t'appellerai. Merci, répétai-je en me ruant vers la porte.

— Crystal ! cria Mrs. Raymond, mais j'étais déjà dehors.

Je courus à perdre haleine jusque chez moi, ouvris la porte et criai :

— Me voilà à la maison !

Seul le silence m'accueillit. Le même silence désolé que chez Bernie. Je restai dans l'entrée, la main sur la poitrine, le souffle court, tendant vainement l'oreille.

« Ce n'est qu'une fiction, ne cessai-je de me répéter. La mère d'Ashley est comme Thelma. Elle adore les séries. Je parie que je la connais, celle-ci. » J'éclatai de rire. « Sûr, que je la connais. A la fin, tout s'arrange. »

Lorsqu'on sonna à la porte, j'étais dans le fauteuil de Thelma et regardais la télévision. Je ne bougeai pas. On sonna encore et encore. Puis on frappa. Une voix menaça d'enfoncer la porte. On sonna de nouveau. Des coups ébranlèrent le battant. Lorsque la publicité commença, je me levai et allai ouvrir.

Un homme et une femme se tenaient sur le seuil. En costume et cravate, l'homme portait des lunettes et un attaché-case. La femme était petite, elle avait les hanches larges, des cheveux bruns coupés court et coiffés sans grâce. C'était comme s'ils avaient une étiquette sur le front : « Service de protection de l'enfance ». Ils en avaient le look, l'odeur, l'attirail.

— Bonjour, Crystal. Je suis Mr. Kolton et voici Miss Thacker. Nous sommes venus pour t'aider.

— Je ne peux pas m'en aller tout de suite. Mon émission n'est pas terminée.

— Comment?

— Je regarde quelque chose à la télévision, quelque chose qui plairait à Thelma, et elle voudra que je le lui raconte quand elle rentrera tout à l'heure. Elle a oublié de programmer le magnétoscope.

Ils échangèrent un regard et la femme secoua la tête.

— Tout va s'arranger pour toi, dit l'homme avec le sourire typique de sa profession.

Leurs masques m'étaient familiers; je les avais vus toute ma vie.

— Ça, je ne sais pas encore, répondis-je. Il faut attendre la fin.

Je les laissai dans l'entrée et retournai m'asseoir devant le poste. Ils me suivirent. La femme s'assit à côté de moi tandis que l'homme passait un coup de fil. Quelques heures plus tard, j'étais sur la banquette arrière de leur voiture, de retour vers la tanière du monstre, le système, les seuls vrais père et mère que j'aie jamais eus.

Épilogue

— Ça va être beaucoup mieux qu'à l'orphelinat, Crystal, promit Miss Thacker lorsque la voiture tourna dans l'allée qui menait à Lakewood House.

Devant nous se dressait une grande maison en bardeaux gris, précédée d'un long porche. Un vaste parc l'entourait, planté d'érables et de saules pleureurs. Comme nous approchions, j'aperçus la surface lisse et brillante d'un lac à l'arrière-plan.

— Louise Tooey est sans doute la meilleure mère d'accueil que nous ayons. Elle traite tous ses pupilles comme s'ils étaient ses propres enfants. C'est ce qu'ils affirment tous, poursuivit Miss Thacker.

— Cette propriété était un lieu de vacances très réputé, ajouta Mr. Kolton. Les touristes y affluaient. Il y a une grande salle à manger, un salon agréable, des terrains de jeux.

— Le parc est magnifique, insista sa collègue.

— Pourquoi ne vous y installez-vous pas avec moi, si c'est si merveilleux ? demandai-je sèchement.

Elle me jeta un coup d'œil puis sourit avec cette expression de bienveillance sirupeuse que j'exécrais.

— Tu vas retrouver d'autres filles de ton âge et le niveau scolaire est l'un des meilleurs de la région, dit Mr. Kolton.

— Comment le savez-vous ?

Il ne daigna pas répliquer.

— Crystal travaille très bien, quelle que soit l'école, affirma Miss Thacker.

— C'est elle qui aidera les autres enfants à faire leur travail, n'est-ce pas, Crystal ? s'esclaffa son collègue.

Je ne répondis pas. Je regardais par la vitre mais ce n'était pas ma nouvelle maison que je voyais. Mes pensées étaient revenues à l'enterrement auquel je venais d'assister. Ironie du sort : finalement, Karl avait eu une rudement bonne idée en organisant ses funérailles à l'avance. Le service de protection de l'enfance m'avait autorisée à y aller bien que les procédures d'adoption n'aient pas été achevées. Les membres des deux familles m'avaient présenté leurs condoléances tout en m'expliquant d'un air gêné qu'ils ne pouvaient m'accueillir. Les frères de Karl n'avaient pas de place. Son père et celui de Thelma étaient incapables d'assumer le rôle de tuteur et Thelma n'avait pas de parents proches.

Ashley et sa mère étaient présentes, ainsi qu'oncle Stuart et quelques collègues de Karl. Peu avant la fin de la cérémonie, je me retournai et aperçus Bernie, debout près d'un arbre. Les dernières prières dites, Mr. Kolton et Miss Thacker m'entraînèrent vers leur voiture. Ashley se précipita pour m'embrasser ; elle promit de m'écrire et me supplia d'en faire autant. Je hochai la tête. Les promesses m'étaient insupportables. Elles me faisaient penser à ce ballon que j'avais vu dériver dans le vent. Elles avaient bonne figure jusqu'à ce que le vent tombe, et ensuite tout le monde les oubliait.

Bernie s'approcha de moi. Je m'arrêtai.

— Je croyais que tu trouvais inutile d'aller aux enterrements ? dis-je.

— Oui, mais j'ai voulu venir pour toi.

— Qu'est-ce que ça vaut sur le graphique, un sept ?

Honteux, il baissa la tête.

— Excuse-moi, repris-je, ce qui lui fit relever les yeux. Nous avons eu tort tous les deux. Nous aurions dû tout simplement dire ce que nous éprouvions sans nous cacher derrière un alibi.

— Dans ce cas, dit-il en approuvant d'un signe de tête, nous avons tous les deux appris quelque chose d'important.

— Oui, c'est vrai.

Je montai dans la voiture. Il resta sur place et me fit au revoir de la main.

L'image restait incrustée dans ma tête. Je clignai des yeux et revins à l'instant présent. Mr. Kolton se gara devant l'imposante bâtisse. Ils sortirent mes affaires et nous entrâmes. Une fille et un garçon, d'environ dix ou onze ans, jouaient à un jeu de société étalé sur une grande table. Ils s'arrêtèrent et nous regardèrent avec curiosité. Une porte s'ouvrit au fond du vestibule et une grande femme aux longs cheveux se précipita pour nous accueillir. Malgré son expression résolument gaie et son regard d'un bleu vif, les rides profondes qui creusaient son front et le coin de ses yeux me firent supposer qu'elle était plus âgée qu'on pouvait le penser au premier coup d'œil.

— Bonjour ! s'écria-t-elle avec exubérance. J'étais dans la cuisine et je ne vous ai pas entendus arriver. Tu dois être Crystal. Bonjour, Crystal. Sois la bienvenue à Lakewood. Cette demeure est en train de devenir une vraie maison de famille. Tu vas voir. Tu as une charmante compagne de chambre. Elle s'appelle Janet et c'est une délicieuse petite jeune fille. Elle est timide mais je parie que tu arriveras à la rendre plus expansive. On m'a dit que tu étais très intelligente... Un peu d'aide dans ce domaine ne nous serait pas inutile, d'ailleurs, ajouta-t-elle à l'adresse de Mr. Kolton.

Celui-ci sourit affablement tandis qu'elle enchaînait :

— Ça ne signifie pas que mes enfants ne travaillent pas bien. Au contraire, nous insistons pour qu'ils apprennent leurs leçons avant de faire quoi que ce soit d'autre. Il y a des règles ici, mais de bonnes règles. Oh, j'ai oublié de me présenter. Je m'appelle Louise Tooey, dit-elle en tendant la main.

Serrer mes doigts ne lui suffit pas. Elle les retint tout en me tapotant longuement l'épaule.

— Je sais que tu as un peu peur de te retrouver dans une maison inconnue, mais ici, c'est spécial. Autrefois, c'était un lieu de villégiature très réputé. Tu verras, c'est très chaleureux, plein de vie et de gaieté. En tout cas...

— Grouille-toi ! aboya une voix masculine.

Un garçon d'environ quatorze ans jaillit du palier et dévala l'escalier. Son visage exprimait la terreur. Au-dessus de lui, nous dominant tous, surgit un homme au visage sévère. Il avait de larges épaules et de longs bras musclés dont l'un portait un tatouage.

— Gordon, fit Louise en désignant du menton Mr. Kolton et Miss Thacker, le service de protection de l'enfance nous amène notre nouvelle fille.

L'attitude menaçante de l'individu se détendit et ses traits s'adoucirent.

— Oh, bonjour, fit-il avant de se tourner vers le garçon. Vas-y, va faire ce que tu as à faire, Billy.

Puis il sourit d'un air entendu à Mr. Kolton.

— Il faut faire respecter la discipline dans cette maison.

— Bien sûr, dit Mr. Kolton.

Le garçon sortit en courant.

— Voici Crystal. Crystal, je te présente mon mari, Gordon.

— Bienvenue, dit Gordon.

Quelque chose dans son regard me fit peur, une lueur inquiétante, presque animale. Je jetai un coup d'œil sur Mr. Kolton et Miss Thacker pour voir s'ils l'avaient remarquée mais ils semblaient indifférents à tout ce qui n'était pas leur mission présente, à savoir se débarrasser de moi et partir au plus vite.

— Et si j'emmenais Crystal voir sa chambre et lui présenter Janet ? Gordon, peux-tu prendre ses valises ?

— D'accord, dit-il en les arrachant du sol.

— Nous en avons pour une minute, dit-elle à Mr. Kolton.

— Très bien. Bonne chance, Crystal, me dit-il comme je montais les premières marches.

— Oui, bonne chance, ma chérie, répéta Miss Thacker.

Je ne leur accordai pas un regard.

En grimpant l'escalier, Louise parla sans discontinuer, décrivant la maison, racontant son histoire et avec quel plaisir elle accueillait des enfants.

— Chacun d'entre vous nous est précieux, n'est-ce pas, Gordon ?

— Ouais, marmonna-t-il. Précieux, on peut le dire.

Elle s'arrêta devant une porte et frappa avant de l'ouvrir. Une fille de petite taille, au visage aussi délicat que celui d'un chérubin, leva les yeux. Vêtue d'un tutu et de chaussons de danse, elle gisait, recroquevillée sur son lit.

— Janet, tu n'es pas encore malade, quand même ? s'écria Louise.

Elle fit non de la tête.

— Tu es seulement fatiguée d'avoir trop dansé ?

Elle acquiesça, ses yeux craintifs fixés sur moi.

— Voici ta nouvelle compagne de chambre, Crystal. Crystal, voici Janet. Je suis sûre que vous vous entendrez très bien. Janet est aussi une bonne élève, n'est-ce pas, Janet ?

Elle hocha la tête.

— Maintenant que tu vas partager ta chambre, j'espère que tu seras moins repliée sur toi-même, dit Louise.

Gordon lâcha les valises sur le sol.

— J'ai des choses à faire, grommela-t-il.

— Bien, chéri.

— Ouais, c'est bien, marmonna-t-il.

— Gordon ronchonne beaucoup mais, dans son cœur, il est doux comme un agneau. Eh bien, je vais vous laisser faire connaissance et descendre terminer les formalités. Promène-toi partout où tu veux, Crystal, explore ta nouvelle maison, dit Louise avant d'ajouter : Et encore, bienvenue chez nous, ma chérie.

Je regardai Janet. Elle avait l'air d'une petite chose fragile mais ses jambes étaient fermes et musclées.

— Tu apprends la danse classique ? demandai-je.

Elle fit oui de la tête.

« Elle est aussi timide qu'un papillon », pensai-je en commençant à ouvrir mes valises. Janet me regarda faire un instant puis se redressa sur son lit.

— Je ne l'apprends plus. Je n'ai plus de professeur, annonça-t-elle gravement.

Je me retournai.

— Si tu aimes ça, ne t'arrête pas, continue à danser. Peut-être qu'un jour tu trouveras un autre professeur.

Elle me sourit. C'était un joli sourire, un sourire qui ne demandait qu'un peu de tendresse en retour. Elle me plut tout de suite. Peut-être était-ce une bonne chose qu'elle soit aussi timide et vulnérable et que j'aie quelqu'un sur qui veiller.

J'allai me planter devant la fenêtre et regardai le lac.

— C'est joli, ici.

Dans les lueurs pourpres du crépuscule, les étoiles s'allumaient l'une après l'autre comme l'extrémité d'une baguette magique, pleine de promesses.

Janet vint me rejoindre devant la fenêtre et soudain sa main se glissa dans la mienne. Nous gardâmes le silence un long moment. Il était possible qu'aucune famille ne nous attende, que la seule famille que nous ayons jamais se limite à nous deux. Il était possible aussi que les seules promesses que nous verrions réalisées seraient celles que nous nous ferions. Nous n'avions à nous offrir ni fortune ni petits cadeaux, uniquement de la confiance.

Plus tard, elle me montra des photos d'elle en tenue de danseuse et me raconta sa vie. Cela prit du temps. Comme moi, elle avait été profondément blessée et craignait de se confier. Il nous faudrait démêler les secrets de nos cœurs comme une pelote de ficelle, petit à petit, jusqu'à ce que nos passés, nos peines et nos rêves se déroulent puis se drapent autour de nous comme un cocon douillet.

Ensuite, nous pourrions peut-être affronter le monde.

5181

Composition Euronumérique
Achevé d'imprimer en Europe (Allemagne)
par Elsnerdruck à Berlin
le 19 avril 1999.
Dépôt légal avril 1999. ISBN 2-290-05181-0

Éditions J'ai lu
84, rue de Grenelle, 75007 Paris
Diffusion France et étranger : Flammarion